名家读书

念兹在兹

何怀宏 著

商务印书馆
2019年·北京

图书在版编目(CIP)数据

念兹在兹/何怀宏著.—北京:商务印书馆,2019
(名家读书)
ISBN 978-7-100-17681-1

Ⅰ.①念… Ⅱ.①何… Ⅲ.①散文集—中国—当代 Ⅳ.①I267

中国版本图书馆 CIP 数据核字(2019)第 151357 号

权利保留,侵权必究。

念兹在兹
何怀宏 著

商 务 印 书 馆 出 版
(北京王府井大街 36 号 邮政编码 100710)
商 务 印 书 馆 发 行
北京新华印刷有限公司印刷
ISBN 978-7-100-17681-1

2019 年 10 月第 1 版　　开本 880×1240　1/32
2019 年 10 月北京第 1 次印刷　印张 9⅛
定价:45.00 元

目 录

流逝的岁月

列车上 …………………………………… 3
相撞之后 ………………………………… 10
老友 ……………………………………… 12
便宜书 …………………………………… 17
废弃的小楼 ……………………………… 20
游子怀旧 ………………………………… 22
寂寞 ……………………………………… 25
蚂蚁的寓言 ……………………………… 28
生命与书 ………………………………… 31
夕阳的宁静 ……………………………… 34
梭罗和他的湖 …………………………… 37

迟到的四季 …………………………………… 50
独语 …………………………………………… 59
另一本《独语》 ……………………………… 62
林嘉文，能不能不走？ ……………………… 65
大学老师是些什么样的人？ ………………… 72
希望在人间，希望不在人间 ………………… 78

心灵史拾零

心灵史上的无语者 …………………………… 85
世纪初的忏悔 ………………………………… 90
"殉道"还是"殉清"？ ……………………… 95
梁启超的信仰根底 …………………………… 100
为什么忧伤？ ………………………………… 104
鲁迅与耶稣 …………………………………… 108
纯真年代的纯真心灵 ………………………… 112
新生活的试验 ………………………………… 117
墓与幕 ………………………………………… 122
有志者，事未成 ……………………………… 126
世纪中的反省 ………………………………… 131
精神的后园 …………………………………… 135
老一代 ………………………………………… 139

新女性…………………………………… 143

折断的翅膀………………………………… 147

哲人剪影

政治的荆棘与哲学的冠冕……………… 155

第一次读柏克…………………………… 159

逝去的时代……………………………… 163

寒夜之思………………………………… 167

与真理为友……………………………… 171

心灵的伟大……………………………… 174

奇特的上帝……………………………… 182

悼念诺齐克……………………………… 185

缅怀罗尔斯……………………………… 195

域外来风

萨特的意义与局限……………………… 207

阿隆、萨特、加缪三人谈……………… 212

大众时代的来临………………………… 229

愉悦与哀伤……………………………… 234

汤尼潘帝………………………………… 237

法兰柴思………………………………… 241

有许多好人很安静 …………………………… 244

循规蹈矩是因为谦卑 ………………………… 248

无告者的声音 ………………………………… 251

同情的危险 …………………………………… 254

我爱读的几种西方典籍 ……………………… 259

我与俄苏文学 ………………………………… 263

现代人的古典启蒙 …………………………… 266

相伴二十年 …………………………………… 269

哀伤与奋起 …………………………………… 275

心忧天下 ……………………………………… 281

后　记 ………………………………………… 286

流逝的岁月

列车上

火车离开了车站,我又一次离开了亲人们,去往北方我就学的一个大城。

火车先往西南方向驰去。还有几个小时就要经过我的家乡了——那是我真正的家乡,土生土长的家乡。我坐火车在这条线上走过许多次,只要是白天,我就会预先坐到窗前,让记忆中的景色重新鲜明地出现在眼前。

早春,田野里是大块大块的绿色——红花草还没有开花,中间的坡地上夹杂着一块块的金黄色的油菜花。新起的砖屋顶上照样耸起涂着一条条白道的飞檐。远处的村庄看不分明,然而,只要有浓郁的树影,那里就一定有村庄。那些树里有苦槠树,我曾经在那样的树下捡过苦槠,磨出来可以做成一种带苦味却非常爽口的苦槠"豆腐"。近处的山坡上有一些山茶,深绿的树丛间还可见到几朵白色的茶花。农民打着赤脚,赶着犁田的水牛,从水中翻出一大块一大块泥巴来。

窗外出现了孩子。在一个农民弓着背叉开腿推着的独轮车边上,坐着一个戴着老虎帽的孩子,他身后的女人一手挎着大篮子,一手牵着另一个孩子。一个孩子站在路基旁,背朝火车,捂着耳朵。然后是一个很小的村庄,几株树,一个水塘,一个姐姐带着一个弟弟,穿着圆滚滚的、袍子似的衣服,站在门前看火车。一个小女孩坐在下面装有火盆的木椅上,还一个更小的孩子躺在摇车里,他们正在这依然寒冷的日子里享受着早春这宝贵的阳光……

我注视着他们,心里想:我就是从你们中间走出来的——就是从那农民担着的筐子里走出来的;就是从那"吱纽吱纽"的木独轮车的一边走出来的;就是从那挎着小篮子在地里剜苦菜,然后好奇地抬头远望疾驰的火车的孩子中走出来的;就是从那背对着火车、用手捂着耳朵的孩子中走出来的;那个姐姐带着的弟弟也就是我,穿着不合身的大棉袄,两手垂在两边,在暖和的阳光里看着火车从眼前驰过;那个躺在摇车里的婴儿也就是我;那个站在屋檐下冻得直跺脚的孩子也就是我;那个用通红的小手去探小河里的冰的孩子也就是我;那个瞪着眼望着火车忘记了抽鼻涕的孩子也就是我;而那个在独轮车结实的皮轳下的汉子本来也应该是我,而我现在却静静地在这飞驰的车轮之上……

过去我注视着火车,想着里面坐的是什么人;现在我注视着窗外,怀着亲切、怀念和略微感伤与惭愧的心情注视着你们——那也是过去的我。

我是农民的后代。虽然从每一个人那里掘下去、掘下去,最后都可以发现一个农夫或者牧人来,然而我却不用追溯那么远,我的祖父就是一个地道的农民。祖父是一个孤儿,被一个磨剪刀的老人收养,娶妻生子,又繁衍出一个新兴的家族来。据说,祖父出生于一个很阔的人家,但在很小的时候,一把大火把家烧个精光,只剩下他。我没有见过我的祖父,至于在那些房屋的余烬上曾经住过什么人,就更无从知晓了……

火车在一个大站拐过来,然后又往北驰去。我离我的家乡越来越远了。

下午,临近黄昏时,我看到了窗外的落日。落日在远方的群山间时隐时现,似乎是在与火车角逐,不是夸父逐日,而是日逐夸父。

而我却静静地坐在车厢里。

多么残酷的真理:我静静地坐在这里,却感到我的生命正在逝去,一分一秒地逝去。

已经有好多次这样的体验了:一件件事情,我害怕的、我渴望的,它们来了。来了,就意味着离去。将来时态飞快地变成过去时态。"等到那时"变成了"已经过去"。"等我18岁的时候","等我上大学的时候","等我到峨眉山的时候","等我走的时候",很快就变成了"我已经18岁了","我上了大学了"，"我到了峨眉山了"，"我回到家了"，"我又要走了"。憧憬一个个被抛到后面，失去了原有的诱人的光芒，而新的憧憬又在产生。

落日真圆。只有在这个时候和太阳刚刚升起的时候，才是我们可以长久地注视它的时候。不，并不长久。

想着看它慢慢落下去，落到完全不见，像在颐和园时对孩子说的："等它落到看不见时，我们就回家。"但是一个车站到了，房屋挡住了我的视线，正好是18点。

有一个人，太阳升起的时候，骑着马往东疾驰，在他黄昏下马的时候，太阳却到了他的背后。

还有一个人，太阳升起的时候，骑着马往西疾驰，在他黄昏下马的时候，太阳却到了他的前面。

这就是在转动的宇宙中的人类的追求，渺小吗？in vain（徒劳）吗？你也许会说："不！"我也是。

地球在转动着，这就是时光……

火车在奔驰着，这也是时光……

一只苍蝇安静地停在窗沿上。它大概是从出发的车站带来的。它没有扇动多少次翅膀，但已经走了不少路。过了一会儿，它不安分起来，在车厢里"嗡嗡"地飞着，几次撞到了玻璃。

我打开窗，就在那一刹那，苍蝇突然飞过了窗沿线，立刻被火车抛到了后面很远很远……

谁来确定这一分际？确定从窗里到窗外的界线？同样是

空间。

列车,或者说时代的列车,我们都必须在这列车上,如此才不致落伍?

那么,什么是历史呢?怎样才是进入历史呢?

且不说时代与永恒,时代与历史也许都是对立的。较持久的东西与较短暂的东西是对立的,生前与死后是对立的。你越来越感到这一对立。你要追求某些持久的东西,就要放弃某些短暂的东西;你要追求死后的某些东西,就要放弃生前的某些东西。

你从生下来一懂事起,就不断遇到这对立。比方说职业的选择,有些职业很可能预许着生前的快乐和光荣,而有些职业则注定要穿过孤冷和寂寞的荒野。有时是非此即彼,把你逼到选择的绝境。许多有原创力的艺术家,都注定只能在死后赢。你不能两全,两全也没道理:如果你死后将留下痕迹,那么你生前再享受显赫,对别人也就太不公平。个别兼而得之者,如凤毛麟角。

如果你把历史延长到永恒,那么连这历史也会失去分量。历史与永恒也构成了一种对立。你也许已经破去了生前荣光念,但还要破去死后垂名念,这样才能进入永恒。

然而,永恒是什么?永恒只存在于精神之中?甚至只存在于当下的精神之中?还有没有更可靠的基石?如果没有,那么我们又回到了时代?我们只能在时代中获得历史和永恒?我们只能以时代的形式存在?

无论如何,我们可以看到:有着各种各样追求的人们,实际上是以时间(或者说生命)的不同长度作为自己的基准单位的。这基准单位或者是分秒,或者是小时,或者是昼夜,或者是季节,或者是年代,或者是世纪,甚至更长,或者是永恒。

一个唐璜式的风流浪子的追求是定在分秒上的,性高潮的持续时间只有这么多;一个快乐主义的美食家,大概是以小时为基准;为报纸写稿的人文章的生命力只能以日计算,这是公平的,拥有最多读者的只有最短的生命;为杂志撰稿的人文章的生命力就可能长些;书的生命力很难说,它可能出生就是死,也可能持续几年、几十年,或者越过世纪。

我们大多数人,绝大多数人,大概都是为时代活着的。我们大都是此世主义者,世界一向如此,也应该如此。我们所写和所读的,大都是时文。每年都会有告诫高考生注意事项的文章。一代人有一代人的教科书,很少有人用几十年前的教科书。一个社会,需求量最大的还是时代的东西。人们对眼前发生的事情更有兴趣,一张报纸晚几天到,就不像当天到看得那么仔细了。

然而,还要有一些注定会超越时代的东西。

一切都在流动。而一切占有了某种空间的东西,在另一双眼睛看来,就获得了一种时间:动物、植物,甚至石头,即使它们是无生命的,没有对时间的自我体验。

你注意到窗外一只盘旋的大鸟,它拥有的时间也许和你将拥有的时间一样多,然而你不能把它的时间夺过来,增加到你的时间上。你可以在试管中创造一个生物,你也可以轻易地毁灭它,然而你不能把它的时间夺过来给自己。你有你的时间,有你的生命长度,它不多不少,可以说恰好适合于你。

那么,让过去的就过去吧,剩下的事情就是好好地计算一下未来,确定以什么样的时间长度为基准单位,来度过余下的生命。

列车停了,它到达了目的地。

天黑了。下车的时候,钟楼上的大钟悠扬地敲了八下,提醒我必须抓紧时间赶上末班公共汽车,也提醒我生命的全部紧迫性。

相撞之后

一天上午,我校读了一阵自己的译稿,脑子里装满了300年前一位法国贵族对人性的阴郁见解。快中午的时候,我不想再做这件事了,就骑车去北大取预订的书。外面的阳光明明好好的,我心里却阴沉得紧,拐过中关村路口时急了点,被警察训了几句,然后就脱逃式地往前骑。正好遇见一个老头儿,手里拿着饭盒,嘴上哼着京戏,自得其乐地横过马路。我赶紧往旁边一让,然而还是轻轻碰到了他的手臂,"当啷"一声,一饭盒饺子掉在了地上。

我心想真是倒霉,赶紧下车道歉。老头儿先说要上医院检查身体,又说要去找警察,然后说要我赔钱。我掏出身上的零钱,他说不够。我不太高兴,跟他争执了几句,突然又停住了嘴,因为周围已经有一圈人,他们开始说话,不用我再多说什么。

我说我要赶去取书,但老头儿不放我走。旁边有一个人递过两斤全国粮票给我说:"再给他些粮票,你走吧。"老头儿还是不让。于是有人热心地数起饺子来,问他到底花了多少钱买的。他说了个数。

这时,我的心境已经发生了一种微妙的变化,变得坦然了,甚至有点置身事外的感觉。

零钱不够,我想从购书款中拿出一张整的,旁边一个人却生气了:"干吗给这么多?"另一个人塞过几毛钱补上说:"这就齐了。"老头儿这时其实也无所谓了,咧着嘴笑起来,也许是为这件事引起这么多人注意而感到高兴。

一件小事,一件经常在街道上发生的小事,周围的人也很快散去了,目击者谁也不会放在心上,包括那几位掏钱、掏粮票的热心人。然而,就是这样一些小事,时时纠正着我对人类有时过于偏颇的看法。

老友

  模仿柏克"你只要告诉我现在的青年心里是怎样想的,我就可以告诉你未来是怎样的"这一名言,可以造出许多有意思的句子,例如:"你只要告诉我一个人有些什么样的朋友,我就可以告诉你他是怎样的一个人。"或者:"你只要告诉我一个人家里的书架上(如果有)放着些什么样的书(如果放的是书),我就可以告诉你他是怎样的一个人。"
  如果仿造的这两句话都能为人接受,那就印证了另一句话:书,也是人的朋友。而在有些人那里就更极端了:朋友,就只是书。
  然而,在我的书架上,却有一些我的"书朋友"会让我的"人朋友"捉摸不透。这是一些古怪的老书、旧书,离我长期思考和关心的问题似乎很远,离我现在精神漫游的领域也有一段距离。
  这是我童年时读过的一些书。可惜现在躺在我书架上的,有些已经不是我原来读的本子了，而是后来在处理旧书的书摊上碰到的，但一看到它们，我就毫不犹豫地买了下来。

书是朋友，那么童年时所读的书也就是老朋友了。我现在确实很少去读它们了，但只要一翻起它们，就仍然感到亲切。

这些书中，有一些苏联小说，比方说《真正的人》、《日日夜夜》、《青年近卫军》、《卓娅和舒拉的故事》、《叶尔绍夫兄弟》，等等。

因为大都读过好几遍，所以印象仍然清晰。记得《真正的人》里的主人公、驱逐机飞行员密列西叶夫躺在医院里要截肢，当他感到绝望时，是一位政治委员鼓舞了他。这位政治委员顽强地要活下去。当密列西叶夫又一次从死亡边缘回来时，他对一位暗暗爱着他的护士说："你不必再哭，你不哭，这世界上也已经太潮湿……"

《青年近卫军》里最感动我的，则是一位贫穷、勇敢、淘气、渴望着英雄业绩的男孩谢辽萨。作者写起他来也最为动情，专门写他身世的一章是这样开始的：

"读者，如果你有一颗充满刚毅、大胆和渴望丰功伟绩的鹰之心，但是你自己还是个赤着脚乱跑、脚上都是裂口的孩子，人们对你的心灵所向往的一切一切都还不了解，那你打算怎样行动呢？"

我那时也是每日赤着脚在野地里奔跑。

《日日夜夜》使我震撼的是战争和死亡。而《卓娅和舒拉的故事》给了我的童年多少安慰和美的享受（后面令人心碎的几章，我却常常不忍读）！我喜欢读好热闹的舒拉在一幅穿桃红色衣裳的女孩子的画前突然静默，好久一动不动；喜欢看写他们的营火晚会的"蓝色的夜，像火焰一样地飞腾吧！"一节，并且把卓娅抄在她日记本上的一些话也抄录下来：

"人的一切都应该是美丽的：面貌、衣裳、心灵、思想。"（契诃夫）

"他只九岁，他还是婴儿，但是他已经知道自己的心，他很珍爱它，像保护眼睛一样地保护它，如果没有爱的钥匙，他不放任何人侵入他的心里。"（《安娜·卡列尼娜》）

"人是高出这个的，人是高于温饱的！"（高尔基）

"在个性、举止、风度和一切事情上，最好的是朴实。"（朗费罗）

也许要到一生终了的时候，才能知道自己幼年所读的书在一生中的分量。也许我们今天如此执着地相信和追求的东西，就是那个时候读的书奠定的。从此，无论在人海中如何浮沉，这一点几乎无可更改。

还有一些中国小说，如《创业史》中对新生活的尝试，《三里湾》中那种朴素的对于明天的憧憬，都使我难以忘怀。有时深深印入心里的，只是简单朴素的几句话，如《铜墙铁壁》里那首"信天游"：

"人人都说咱们两个好，

你自有还没亲过我的口……"

若干年后,当我在黄河岸边亲耳听到那悠长哀怨的歌声时,心不禁为之震栗:

"哥哥啊,你不成才,

卖了心肝才回来——"

有些痂会硬化、会脱落,消失得无影无踪,而其中那种真疼、真爱、真心的渴望、真正的焦灼,却能穿过许多许多尘封的日子。在阴暗的日子里,在重新沉闷和禁锢的日子里,偶尔一触到它,心仍然会深深地痛起来。

我且不说童年时的另外许多老友了:契诃夫、莱蒙托夫、屠格涅夫、托尔斯泰、哈代、高尔斯华绥、雨果、司汤达、梅里美、巴尔扎克、罗曼·罗兰、马克·吐温……我想说,只要以真诚的心去感受,你总能得到许多、感悟许多,只要那书中也有一种真诚。

人啊,相信真诚的心灵的力量吧!它自己会鉴别,自己会摸索,自己会筛选。它自己会在密密的书丛里找到一些书或其中一些章节,作为自己的栖息之所,作为自己重新获得力量的新的出发地。它自己会找到一条道路,那是通向真正的善、真正的美的道路。即使这种寻找是漫长的、艰苦的,即使这条道路是崎岖的、曲折的,但只要努力去寻找,就总是能找到。

于是,假如你我又重新回到开头的问题,你问:"未来会是怎样的?"

我说:"要看现在的青年是怎样的。"

你接着问:"现在的青年是怎样的呢?"

我反问道:"他们读书吗?"

如果你的回答是肯定的,那么我的回答也就是乐观的。

因为现在的世界毕竟还有这么多书,有比我们童年时代所能接触到的多得多的好书。

便宜书

书斋是一种活的东西。书斋是慢慢成长的,随着主人的见识、经验和资历慢慢成长。

买别的东西,再贵,只要钱够,到柜台上交了钱,拿回来就是,而你有再多的钱,也不可能一下买来一个最适合你、你最喜欢的书斋。只要有钱,一套有现代化电器的现代化居室可以手到擒来,书斋却不然,它像一棵树,今天迸出一根枝条,明天生出一片叶子,主人得随时惦记着、照管着,他的乐趣也就在其中了,每一本书都能给他带来一些书外的回忆。所以,即使能一下就得到一个我所喜欢的书斋,我大概也得犹疑,因为这样可能剥夺我许多小小的乐趣,其中就包括买便宜书的乐趣。

我曾买到上海书店出的一套《清经解》和《清经解续编》,厚厚的精装12册,其中仅有2册封皮被水浸过而稍有些变形,原价355元,卖给我150元。用一位朋友的话说:"这两册稍微有些损坏的书,一册就给你减掉了 100 元。"一位住在深圳潜心读经的朋友看到了也说:"我买的是原价书,原价就已经够便宜的了,再印肯定要五六百。"于是,我感到自己在挣了 200 元之后,又赢了二三百。

这几年逛书店也逛出了一些经验:如果某一处有好几个书店,我首先会去卖降价书的中国书店看看;听到哪儿有特价书市,也总是要去走一遭。即使经常是所得不符所望,但次数多了,日子久了,却也常常有可观的收获。比方说,哈佛燕京学社编的一套引得和中法汉学研究所编的一套通检,我就是在半年多的时间里基本配齐的,所费不过 100 多元。

买便宜书,也包括买前些年出版的图书。"文革"后这些年是越往前书价越便宜,所以看到一本好书,往往先翻翻出版年月:如果是前些年出的,绝无二话;如果是这几年重印的,买起来就有些犹豫,还存了一份买到初版书的念想。所以,对前些年出版的好书,只要凑够了钱,一定抢着买下,一时都仿佛得了"重印恐惧症"——现在我书架上的许多书就是这样抢到的。

朋友提供的信息自然重要,自己也要有耐心细细寻找。记得陈寅恪的《金明馆丛稿初编》、《金明馆丛稿二编》,我就是在琉璃厂古籍书店一个最不引人注目的角落里找到的,漂亮的精装,每本才一块多钱,买回来真是爱不释手。后来好几位朋友闻风而去,却再也没有了。

我自己在这方面也是有得有失。有几套书,如严可均的《全上古三代秦汉三国六朝文》,曾有一个时期很多地方都有,心想不慌,可很快原价的就一无觅处了。后来再印就赶快买下,因为还印还涨。这几年来,经过多次搜寻,北京书肆中尚存的较早印刷的好书已经买得差不多了,所以心中常有一个宏愿:假如能有机会到全国各大城市走走,也许还可以搜寻到一些前些年出版的便宜古籍。总之,现在朋友们来往,津津乐道的不仅是买到好书,还包括买到便宜的好书,这大概也是这一时代的知识分子的一个特色吧。

买便宜书自然也有买到后悔的时候。几年前在大学的地摊上买了一些便宜书,书虽不是很有价值,但因为降价不少,心想总有点用处,忍不下那份诱惑,就买下了。而这几年,这些书大都搁诸箱底,既不急用,又无收藏价值,还占地方;卖给收购站吧,既费力气,又只能回收到废纸的价钱,心里还有点舍不得,还不如当初不买。故而慢慢想通了一个道理:便宜归便宜,买书还是要买确有价值的;买到有价值而便宜的书固然好,有些有价值的书即便很贵也要买,不值的则再贱也不能买。当然,有些书也并非全无价值,但不能以"总有点用处"的理由买下,否则,可买的书就太多了。

书不在多而在精,否则,就不仅占用了买更好的书的钱,也占用了放更好的书的地方了。这"地方"的问题看来倒会越来越重要,就像我曾就读的大学里一位藏书最富的老先生说的:"买新书好是好,可往哪里搁呢?"

废弃的小楼

回到离别三年的家乡,我住到了一座山冈上。虽然居所周围又有几幢新起的楼房,使环境显得逼仄,但在这个偌大的山冈上,毕竟还是留下了一些绿地。有一些僻静的小路,让人可以走走。几株比我的年龄还要大的玉兰树,孤独地站在一所荒芜的院内。古老的亭子斑驳不堪,然而还静静地立着。

在那些天里,我总是快活不起来,但也没有剧烈的痛苦。

今夜——是的,又一个今夜,永远的今夜——在细雨中,我又出来了,不由得又走到了山冈的边缘。这儿立着一座黑魆魆的小楼,山下是一片坟场。

这是一座无人居住的废弃的小楼。它是为学院的一位教授盖的。后来,这位教授死了,又搬进另一位教授。后来的这位教授结婚了,却过着单身汉的生活,因为家人在远方没有接来。他喜欢独自读书、豪饮……后来,他也死了,就再也没有人搬进来了。

门锁生锈了,不知是哪一年的落叶零乱地在门前的砖地上飞舞,打破了几块玻璃的窗户在风雨中颤抖。

我静静地立在门外。

忽然觉得门马上会自己打开。

里面会有烛光摇曳,故事的主人会从烛光前站起身来。

但是,自然,什么也没有,什么也没有发生。

我想自己喝一杯了,再倒一杯洒在地上,让它们慢慢地、深深地渗进土里。

游子怀旧

寒假,我回到了久别的故乡。一天傍晚,我独自一人去了中学母校,看到校园里建起了一幢新的办公楼,还有数排壮观的教学大楼,花园、喷泉、礼堂、操场,确实今非昔比。我感到惊奇,也感到高兴,但似乎惊奇更多于高兴。学校的格局大大地改变了,我甚至难以准确地判断在这些新建筑下原来是什么地方。直到我走到校园偏僻的一角,突然发现一排低矮的平房——那正是我曾经住过的宿舍——才深深地激动起来,忍不住从用木条钉住的窗户的外面往里看。里面黑魆魆的,似乎不再住人,只是堆了些杂物。

游子怀旧。我深深怀念和关注的,原来不是别的,而正是那一个老学校:那个住在校门口看门兼打钟的老人——那时我们常对他做些恶作剧,现在想来不免有些歉疚;那因没有椅子而显得空旷的泥土地的旧礼堂——礼堂就连着饭堂,我和几个好朋友经常捧了碗坐到舞台边的窗框上，一边吃饭一边争论；还有那泥泞的操场、经常灌风的寝室，以及地面总是潮潮的教室。

隐隐地，那些离开了某个地方的人们，不再生活在那里的人们，可能会在心底里埋有这样一个希望，即希望这个地方在他们回来的时候大致还是原来的模样——如果他们还能回来或想回来。他们浪迹天涯，在心里却常常惦记着幼年或少年时生活过的"老北平"、"老苏州"。如果有一天返乡，他们希望看到的是故土，真正的故土。如果看不到，他们自然会感觉到一种失望和惆怅，他们在心里隐隐地——即使不承认——希望这地方不至于有大变。

然而，这可能是不公平的，对仍然住在这里、仍然生活在这里的人是不公平的。继续生活在这里的人很可能希望这地方有变化，乃至有巨变。他们大概不会愿意住在大致同样的建筑里，过大致同样的生活，而他们的生命也要展开，这种展开就不免要将一些新的痕迹叠印在留有前人生命痕迹的表征物上，把它们遮没、消除或改变——世界只有一个。

世界只有一个，生命却有许多，历史于是就成了一系列生命的叠印。人是渺小的，我们将迅速消失在历史的长河中。

道理似乎很明白，然而，我还是执拗地想找到旧日教室、礼堂、寝室的一些影子。这心情，这次第，又怎能像拆毁北京古老的城墙时激动的诗人仿马雅可夫斯基的口气大声说一个"好"字就可了得的？而拆毁什么，建筑什么，又岂可不加以仔细的思虑？——当然，这个问题与我现在这一点小小的、也许是无谓的伤感无关。但是，无论如何，现在的人对自己前面的人、自己后面的人、曾经生活在这里而如今已不在这里的人都不能不负有一种责任，抉择真不容易。

　　临走的时候，一位住在旁边、发现了我的好奇而与我攀谈起来的教师高兴地告诉我，这排平房马上也要拆掉了。

寂寞

寂寞就是寂寞。

寂寞是嘴里一股去不掉的味道。寂寞是坐在家里而新装的发雀鸣声的门铃镇日不响。寂寞是出门回来没有留言，什么都没有，室内的挂钟却格外地响了。寂寞有时是你努力想逃脱的东西，有时又是你十分渴望的东西。

寂寞是身内的还是身外的？孤独是身内的，孤独的人觉得到处都是沙漠，在都市的人流中也许比在荒野的小径上更觉其孤独。而寂寞呢，寂寞是身内的，是不是也是身外的？孤独尤其是一种自我的感受或气质，而寂寞是不是还掺了一些外在的因素进去？

你是一个名人，你去哪儿总有人追着你，签名、留影、约稿、讲演。面对着簇拥的人群，你可以沉默，可以冷淡，可以背地里说你总是觉得孤独，但你不能说你寂寞。你有时渴望极了，但你还是得不到——那份寂寞。这也许是因为你脾气太好，人太随和，也许是因为你心底里还是有点儿喜欢这样，但总之，你并不寂寞。

孤独全属自己，寂寞大概一半得仰仗别人。但寂寞是更广大的，谁都可能摊到一份；孤独却更像某种特权，只配某些人享有。

寂寞是不是眷顾某些年龄、某些职业的人更多？小孩子一般是不知道寂寞的，老年人就不一样了。有一部外国电影，《八月的鲸鱼》，说的就是老年人的寂寞。看这个电影的人纷纷退场——老年人的寂寞是最没人要看的，即便拍成彩色的电影，写成漂亮的书：你看他们有多寂寞！能颐指气使的人任上大概都不会寂寞，故而他们一退休可就惨了。经商的人也不会寂寞，他们所做的事情就是与人交易。而学者却大概少不了一点寂寞——你一直也是想说说这种寂寞，你也有资格说这个。

一直想为学者的寂寞寻找一个反义词，是热闹吗？是轰动吗？是门庭若市？是声名显赫？最近读到美国的一本叫作《名声》的书，研究的就是人类的不甘寂寞。类似这种可看的书不少，但不寂寞写得出来吗？比如说这本《名声》，看看书后长长的参考书目，看看详尽的注释，就知道这本书的作者非要先耐住寂寞不可了。

这意味着好久不会有人理会你，没人谈起你，你耐得住吗？而且今天自甘寂寞还可能不仅是坐冷板凳，不仅是默默无名，你的生计也可能发生一点问题,你大概还不至于"食不果腹",但"食不厌精"肯定就做不到了。而且,不是已经有好多人抱怨读不懂你写的东西了吗?你何必再上升,何必再往高寡和清冷处走?还是不要这高,不要这雪,高是会寒冷的,雪是会融化的。也许你应当及时下降,你也不应当有虚饰。

但是,我们又何曾真的寂寞——我们这些从事著述的人?我们写下的文字不都是想给人看吗?我们下笔的时候不都是心里悬着一些读者吗?各种各样的丛书、报纸、杂志不是等着各种各样的文字去填满吗?各种各样的征文、评奖、基金不是也纷纷设立了吗?还有各种各样的宴会、各种各样的名胜古迹等待着文人去出席和游览,据说,他们和别人不一样,他们吃过了、喝过了、玩过了,他们的生花妙笔就会写出优美的文章。

你有时自己去,有时被人拉着去,凑这些热闹。你以为借此逃脱了寂寞。这样也许可以持续一二十年,如果你未被人更早地忘记。说不定你的名声还会像雪球一样越滚越大,你会越来越忙、越来越热闹,直到你完全不属于自己。

你生前也许一直如此轰轰烈烈、热热闹闹,可是还有身后的寂寞呢,你怕不怕?你也许说,反正那时候你什么也不知道了。不知道的事情,你怕不怕?

蚂蚁的寓言

《红与黑》的结尾,于连被判死刑后想:

"19世纪啊……一个猎人在森林里开了一枪,他的猎物倒在地上,他奔过去取,靴子踩蹋了一个两尺高的蚁巢,蚂蚁和卵四散开来……即使一个最富有哲学头脑的蚂蚁,也永远不能理解这个突如其来闯入它们巢穴的巨大的、可怕的黑东西——猎人的靴子;还有事先伴随几束红光的可怕的巨响……"

现在我们继续这个寓言:

20世纪啊……巢坏以后,许多蚂蚁和它们的卵向四面飞去。那些成蚁落下来以后就开始紧张地爬来爬去,寻找它们已不复存在的家。但现在我们要注意的是将要从卵中诞生的新蚁。这些卵散落在高高低低、大小不一的树下,一只只新蚁从中降生了。它们没有对过去的记忆,它们要开始新的生活。假设其中一些蚂蚁非常奇怪地有了新的念头,想一生尽可能地爬得高,但关于这一毕生目标能否实现的最重要的一个外在条件——是恰好落在一棵高大的树下,还是不巧落在一棵矮小的树下——却非它们自身所能选择。

而这之后的事情,就将由它们自己来决定了。它们开始爬,开始寻找一棵树,大概它们都是先向离自己最近的一棵树爬——它们也只能这样,因为它们的第一个也是对它们一生最为重要的一个自我选择,恰恰发生在它们一生中最缺少经验和智慧的时候。

它们开始向上爬,速度很慢。它们的生命长度和树林的平均高度大致相应,有的蚂蚁可能一生都爬不到树的顶端——如果一个脚力差又有些懒惰的蚂蚁恰好爬上了一棵高大的树。在爬的过程中,它们不断面临着新的选择:在每一个树干分叉的地方,在每一根丫枝伸出的地方,它们都可能停下来想一想,然后决定往哪一边爬。然而,戏剧性的情况又出现了:越是在它们较缺少经验和智慧的时候,越是需要它们做出对它们一生较为重要的选择。

一棵伞状的树,越是靠下的丫枝和树干越粗,预示着较大的机会或较多的可能性,而越是靠上的丫枝则越细,预示着较小的机会或较少的可能性。在一棵树那里,机会和可能性的排列是由上而下增长的,越近底部越大;而一只蚂蚁是由下往上爬的,它的经验和智慧也是由下往上增长的,越靠底部越少。

于是,在蚂蚁们面临的机会最多的时候,它们的智慧却最少,而在它们最为成熟和聪明的时候，它们所面临的机会却最少。

那么，假设现在有一只勤勉的蚂蚁，却停在了一根并不高的丫枝上。它已经爬到了头，然而它望望旁边，旁边有许多树高高地立着；它望望自己这棵树的上面，上面还有许多丫枝向上伸去。它不幸地摊到了这棵并不高大的树，又爬上了这根低矮的丫枝。这丫枝在分叉处本也是粗壮的，不幸的是它竟不是向上而是平伸着长的，甚至略微有些下斜。而它余下的生命也已经不允许它去换另一根丫枝，更不要说换另一棵树了，那么它会感到悲哀吗？它会在枝头悲叹吗？或者它应该为底下还有更矮的丫枝而感到庆幸？为自己的努力而感到安慰？如果它看得到树底下另外一些根本不想爬高而在地上忙碌觅食的蚂蚁，它会不会转而羡慕？它还会执着自己的追求吗？它还有没有飞跃的可能，也就是说生出翅膀的可能？

我们说过了，这只是一个寓言。

你也可以继续它。

生命与书

"燃起一支烟,夹在手中,却很久忘记了抽。于是,一大颗烟灰落到了黝黑的桌面上,还保存着圆圆的烟卷的形状,只是成了灰白色。我试着尽量轻地把它夹回烟灰缸中,但是,失败了,它变成了一摊灰。桌上的一切都是熟稔的,陶瓷的深黑色的笔筒,你为坏了开关的可调台灯自制的按钮开关,妻子用哈默藏画展览的广告画糊成的小卡片盒,一瓶碳素墨水……你注意着它们,它们都静静地待在桌子上。台灯只照出桌前的一块,而让房间的其余部分留在半明半暗之中。这些使你感到陌生吗?你突然发觉,这些东西会渗入你的写作之中,但是你的读者会知道吗?还有你身后的书架,黑压压的一排,它们也都渗入了你的写作。可怜的读者,如果他们还继续读你写的东西,他们会感到害怕吗?书可能会在那些书架上进进出出,有一些不太常用的会被拿出来搁到箱子里,有的甚至会被当作废纸卖掉(谢天谢地！），另外一些新来的会占据它们原先的位置，但大部分可能就待在那里不动了。你满意吗？如果读者知道了这些，他们会被你的书架吓坏吗？"

以上录自我 1988 年 11 月的一段札记。

我想，我所写的，无非两个源头：我的生活，和我所读的书。这两方面自然不是隔绝的：我常常从书中体察生活，或者从生活中体察书。当我更偏向书的时候，人们说我在做学问；当我更偏向生活的时候，人们说我在创作。

而我所读的书大概也是这样来的：或者生活，或者书。

而在世界上没有一本书的时候呢，书只是从生命那里流出来的？

而在世界上不再有生命的时候呢？

可以想象一场覆盖全球的中子战结束后的情景：房屋还好好地立着，街道整整齐齐，汽车突然停在某些地方，甚至红绿灯都还暂时亮着……地球上大大小小的图书馆里，一排排高高的书架上，还好好地放着各种文字、各种装帧的书籍。然而，没有了人，甚至没有了一切生命。书，这时候是活着还是死了——如果没有了读它的人？

源自生命的书，也必须流向生命？如果没有这两端，它们就会枯萎，就会死去？书就是生命之流的汇合？如果是这样，那么更重要的就是生活，或者说生命了。

真的好书，一定带有作者生命的一些成分、一些痕迹。生命，在一本书中突然凝固起来了。它必须等待，耐心地等待，等待着某一个人的手指翻动它，等待着某一个人的视线接触它，然后，就像亚当的手指突然触到神，它又复活了，带着它全部的痛苦和欢欣，带着它全部的生动和活跃……

那么，我读的书里有没有生命的气息呢？而更重要的是，我写的书里有没有生命的气息呢？

夕阳的宁静

若干年前,我还写诗的时候,曾经在夕阳映照的窗下写过这样几句:

我害怕它——
落日
我怕这一轮殷红。
我赶快合上本子,
里面
可千万不要夹进了暮色。

此时此地,
我想看到,
一个穿着鲜亮衣服的人,

向着太阳下沉的地平线走去。

然而,现在我想我错了。生命毕竟是生命,即使它已是夕阳残照,也依然是好的、美的。它的美是其他美所无法比拟的,甚至更慰我心,虽然在那落日的余晖之中,在那投向世界的最后一瞥之中,饱含的不再是上升的欣喜和蓬勃的生命,而是告别的忧伤和宁静。

读《漫步遐想录》——这是卢梭最后的书,是他写自己且仅仅为自己写的书,也是一本被死亡打断而没有写完的书。

在写这本书时,卢梭的心情正处于一场暴风雨过后的宁静之中。此前十几年,他颠沛流离,辗转逃亡于欧洲各国之间,为社会和舆论所不容。他激动过、愤怒过、抗议过、声辩过,可是没有用。现在他完全失望了,不再出声,对自己生前的命运和死后的名誉都不再关心。

奇怪的是,敌手的攻击对他的损害因此几乎消失殆尽。他每日在巴黎郊外漫步,面对自然陷入一种沉思遐想。省察内心使他逐渐丧失了对自己苦难的感受,他发现真正的幸福之源就在他自己身上,而这种幸福就在于:一种自足的宁静。

卢梭晚年曾陷入精神上的某种失常甚至错乱。他觉得他已被摈于社会之外,世上所有的人都结成了反对他的同盟,人人都在暗中对他进行监视,他将在可怕的放逐中了此一生。这些幻觉和错乱自然跟他的天性有关,正如他所说,他是生来受感官印象支配的，而且易走极端。虽然如此，卢梭智慧和才华的光芒在晚年并不稍减。

他最后的这本《漫步遐想录》，就依然闪耀着他此前的作品中那种富有魅力的光彩，贯穿着许多杰出的思想和独特的感受。他写道：沉思默想的乐趣是别人抢夺不走的；一个人的自由并不在于可以做他想做的事，而在于可以不做他不想做的事。他认真解剖了自己性格和气质上的弱点，分析了自己说谎的动机和自负，以及听凭感情而非义务决定的特点。他谈到在回忆中苦难比幸福的岁月更温馨感人，说他不愿以他现在悲惨的处境和那些迫害者中最幸福的人的命运相交换。

但是，当我们把这本书和他以前的书相比，还是可以感觉到一种明显的差别。这毕竟是卢梭写的最后一本书，他以前著作中那种论战的热情和雄辩的强力，已转变为一种静静的遐思和默默的自语。我们感到一种宁静，一种夕阳晚照般的宁静。这是什么原因？他仅仅是累了，需要安静和休息？还是他悟透了人生世事？或者只是因为他步入了生命中那最后的斜阳，那迫近的死亡已经不知不觉在他身上起了作用？

然而，这种宁静是多么美啊。当我们读到他回忆他在圣皮埃尔岛小住时和大自然融为一体的文字，读到那种"无论是命运或任何人都无法剥夺的乐趣"，没有言词可以形容我们的感觉，只能喃喃地说：多么宁静，多么美。

梭罗和他的湖

一

想为一本寂寞的书打破一点寂寞,此愿已久,这本书就是梭罗的《瓦尔登湖》。

这本书在1854年出世时是寂寞的,它不仅没有引起大众的注意,甚至连一些本来应该亲近它的人也不理解,对之冷落甚或讥讽。它永远不会引起轰动和喧嚣,在成为一部世界名著之后它也仍然是寂寞的。它的读者虽然比较固定,但始终不会很多,而这些读者大概也是心底深处寂寞的人,就连这些寂寞的人大概也只有在寂寞的时候读它才能悟出深味。就像译者徐迟先生所说,在繁忙的白昼,他有时会将信将疑,觉得它并没有什么好处,直到黄昏,心情渐渐寂寞和恬静下来,才觉得"语语惊人,字字闪光,沁人肺腑,动我衷肠",而到夜深万籁俱寂之时,就更为之神往了。

那么，为何要扰它？扰这寂寞？

二

梭罗是个法国血统的美国人，只活了45岁。他的挚友，年长他14岁的爱默生，在他死后曾对其人格特征做过一番栩栩如生的描述：梭罗喜欢走路，并认为走路比乘车快，因为后者要先挣够了车费才能成行。再说，假如你不仅把要到达的地方而且把旅途本身当成目的呢？但他几乎一辈子没有走出过他的家乡——马萨诸塞州的康科德及其附近的山水。他觉得他家乡那块地方包含着整个世界，他是能从一片叶子看出春夏秋冬的人，他家乡的地图就在他的心里。那地图自然不是平面的，而是立体的；不是固定的，而是活动的。云会从它那儿带走一些东西，风又会把它们送来。

他曾在美国最好的大学（哈佛大学）受过教育，也曾到当时荒凉的瓦尔登湖边隐居，像一个原始人那样简单地生活。他想试试一个人的基本生活需要能够简单到什么程度，想试试用自己的手能做些什么。他用很短的时间就动手造好了一个颇能遮风避雨的小木屋，这说明住房问题其实不难解决，即使用胼手胝足这种最原始的方式。如果它现在变得这么难，那一定是什么地方出了点问题。他曾经试制过一种新型铅笔，可是，在这铅笔真的可以为他带来利益时,他又不想干这营生了。试制成功了对他来说就等于事情干完了,大量生产并牟利不是他的事。他生前也出了几本书,当时都不引人注目。他遗下的日记却有39卷之多,里面自然有人们不感兴趣的一些东西。不过,他这个人确实挺有意思,还有他那个湖。

三

梭罗性格中最吸引我们的,可能就是那种与我们的性格最不同的东西,就是他整个人的独特性。他也许比别人更多地逃脱了概括,逃脱了归类。梭罗有时生活得像个隐士,他可能时常觉得那山那水比那人更与他相投,山川草木均是他的密友,甚至他的一个朋友也说:"我爱亨利,但无法喜欢他,我决不会想到挽着他的手臂,正如我决不会想去挽着一棵榆树的枝子一样。"

真的,他生活得像一棵树——我们可以从树的全部意义上去理解这句话:它的蓬勃向上,它的伞样的形状,它的不断迸发的枝条,它的扎进土壤深处的根须和承受阳光雨露的绿叶,尤其是它的独立性。对于梭罗,我们可以像惠特曼一样说:

在路易斯安那我看见一株活着的橡树正在生长,
它孤独地站立着,有些青苔从树枝上垂下来,
那里没有一个同伴,它独自生长着,

发出许多苍绿黝碧的

快乐的叶子。

然而，我们还是可以说，这树又不是孤独的、寂寞的、与世隔绝的。它与世界的联系和作用是通过隐秘而深刻的根须、通过大地进行的。通过大地，它不仅与它的同类——其他的树木联系着，也与青草、鲜花、阳光、雨露和整个大自然联系着。联系干吗非要互相蹭在一起？"人的价值并不在他的皮肤上，所以我们没有必要去碰皮肤。"不要模仿，而是表现你自己的独特性吧，你才配得上你的称号——人，你才可能与其他人发生一种真正的联系，才可能与真正伟大的大全和唯一发生一种联系。

四

世界上有多少个窗口，就有多少种生活。所以，命题小说虽然难做，以"窗口"命题倒不失为一个补救办法，就像前不久有人试过的。我们在大街上闲逛，特别是新到一个地方，有时会对某些窗口产生好奇：那里面在进行着什么呢？他们在过着一种怎样的生活呢？想来会和我们有些不同。有的窗口对这种好奇心是敞开和欢迎的，有的窗口则在黑黑的帷幕下摆出一副莫测高深的面孔。

这是站在窗外。调换一下，站在某个临街的窗口里面，我们有时也会注意到外面熙熙攘攘的人群，凝视着某个我们感兴趣的面孔：她从哪里来？到哪里去？有时我们自己的生活过腻味了，就想知道和我们的生活不同的另一种生活：在这个世界上，一定还有另一些人，他们过的是另外一种生活——比方在契诃夫的小说里，我们常常可以看到这种想法变成了一种渴望、一种非常感人的东西——这正是契诃夫魅力的一个秘密。也许，正是这种渴望和好奇，提供了我们第一节提出的问题的部分答案。

五

梭罗在《瓦尔登湖》中给我们讲了这样一个故事：

有一个追求完美的艺术家，有一天他想做一根手杖，他想，凡是完美的作品，其中时间都是不存在的，因此他自言自语：哪怕我一生不再做任何其他的事情，也要把它做得十全十美。他一心一意，锲而不舍，目不他视，心无他想，坚定而又高度虔诚。在整个工作过程中，他的同伴逐渐离开了他，相继死去了，而他在不知不觉中却保持着青春。最后，当手杖完成时，它突然辉煌无比，成了梵天世界最美丽的一件作品。

做好一件事——这就是他告诉我们的。专心致志于你所做的事——这就是他告诉我们的。为什么要急于成功？如果一个人跟不上他的伙伴,那也许是因为他听到的是生命的另一种鼓点,遵循的是生活的另一种节拍。

人啊,不要用世俗的成功的标准来看待每一个人吧。而你却要专心致志做好你要做的事——一辈子也许只是一件事。

而这就需要你心灵单纯。生活越简单,宇宙的规律也就越简单,你要去弄清那些最基本的生活需求,而那往往是大自然慷慨提供给每一个人的。不要以复杂的方式来解决简单的问题,不要以多余的钱和精力去购买多余的东西。

六

读《瓦尔登湖》中梭罗的流水账,就像读一首诗。他计算了自己建造那间小木屋的支出,总共花了28块1毛2分5;他也计算了他在一段隐居期内的饮食费用及其他支出,得出了收支相抵后的差额。我觉得,读这些看起来枯燥的数字就像读一首诗。梭罗的手不仅拿笔,也拿斧子;梭罗的眼睛不仅看书,也看绿树、青草、落日和闪动着波光的湖水。他的脑子自然也在思考,是在接近思维之根的地方思考,那里大概也埋着感觉之根、情感之根。

梭罗认为:美的趣味最好在露天培养,再没有比自由地欣赏广阔的地平线的人更快活的了。说梭罗是"大自然的挚爱者"也许还不够,他常常和大自然融为一体,他就是大自然的一部分。

他踏在地上的脚印常常是深的,那意示着一个负重者。他不把花从枝子上摘下来,但把汗洒进土里。

七

我们总是过于匆忙,似乎总是要赶到哪里去。甚至连休假、游玩的时候,也是急急忙忙跑完地图上标出的所有景点,到一处"咔嚓、咔嚓",再到一处"咔嚓、咔嚓",然后带回可以炫示于人的照片。我们很少停下来,听听那风,看看那云,认一认草木,注视一个虫子的爬动。

我们有时大概真得这样——就像战时英国为节约能源而在火车站设置了一块宣传牌:"你有必要做这一次旅行吗?"——我们要这样询问一下我们自己:"你有必要做这样一件事吗?"以节省我们的生命和精力。

人们总是乐于谴责无所事事,而碌碌无为不更应该受到谴责?特别是当它侵害到心灵也许为了接纳更崇高更神圣的东西而必须保有安宁和静谧的时候。在梭罗于瓦尔登湖度过的第一个夏天,他没有读书,他种豆子,有时甚至连这也不做。他不愿把美好的时间牺牲在任何工作中,无论是脑的工作还是手的工作。他爱给他的生命留下更多的余地。他有时坐在阳光下的门前,坐在树木中间,从日出坐到正午,甚至黄昏,在宁静中凝思。他认为这样做不是从他的生命里减去了时间,而是比通常的时间增添了许多、超出了许多。

八

美国的 19 世纪,被一些历史学家认为是独特的美国文化诞生和成长的时期,是继政治独立之后美国精神文化从欧洲大陆的母体断乳而真正独立的时期。这一时期以爱默生和梭罗等为代表的"超验主义"(transcendentalism)思潮尤其令人注意,爱默生的《美国学者》的讲演被称为"我们思想上的独立宣言"。

"超验主义"这一并不确切的戏称,也许只在认识论的意义上表现了这一思潮的一个特征,即崇尚直觉和感受。这一思潮更重要的意义,体现在热爱自然、尊崇个性、号召行动和创造、反对权威和教条等具有人生哲学蕴涵的方面。它对美国精神文化摆脱欧洲大陆的母体而形成自己崭新独特的面貌产生过巨大的影响。

相对于演说和写作,梭罗更多的是实践和行动。在他的性格中,那种崇尚生命和自然、崇尚自由和独立的精神,与那种曾经在美国的开发尤其是西部的开发中表现出来的勇敢、豪迈、粗犷、野性的拓荒者精神不是有着某种联系吗?

九

不知从什么时候起,哲学和著书立说联系到了一起,似乎非著书不足以立说,非立说不足以成为一个哲学家。可是,人们往往忘记了最早的哲学都不是写出来的,无论东方还是西方。苏格拉底和孔子的哲学都只是门徒与后人对他们生活和谈话的笔录。还有那些没有流传下来的呢?哲学是一种显示,有时是有意、有时是无意的显示,有时连显示都不是,甚至是一种有意的隐蔽,那么,去注意人们的生活吧,要不亚于注视书本。

梭罗也谈到过哲学,他说:"近来是哲学教授满天飞,哲学家一个没有。然而教授是可羡的,因为教授的生活是可羡的。但是,要做一个哲学家的话,不但要有精美的思想,不但要建立起一个学派来,而且要这样地爱智慧,从而按照智慧的指示,过着一种简单、独立、大度、信任的生活。"他做了他所说的,他比许多哲学教授更像哲学家,具有古朴遗风的哲学家。他不单纯是从书本中熬出一点学问,他贡献给我们的是一种生活的智慧。

十

梭罗还有另外一面,这一面也许在《瓦尔登湖》中并没有明白地展示,但不了解这一面就不能完整地把握梭罗的性格。这一面即不是避世而是入世的一面,不是作为隐士而是作为斗士的一面——虽然他不是约翰·布朗那样进行暴力反抗的斗士，而是主张非暴力反抗的斗士，但他的看法似乎比后者更清醒、更深刻，他看到了问题更深的症结所在。

梭罗反对美国的奴隶制度，反对美国对墨西哥的侵略，他对人类社会中他认为恶的东西的憎恨程度不亚于他对大自然的热爱。他曾因拒绝交税而坐过监狱。1849年他发表的一篇著名的论文《公民的不服从》（作为单行本出版，只是一本薄薄的小书），被认为是历史上改变世界的16本书之一。他倡导的"公民的不服从"（civil disobedience）的思想对托尔斯泰、罗曼·罗兰、圣雄甘地和马丁·路德·金都曾产生过不小的影响。在他那里，有着某种隐士和斗士的奇妙结合。

十一

梭罗并不希望别人成为和他一样的人，因为他希望自己也不总是过去所是的人。他不执意要做一名隐士，他想隐居时，他就来了，他觉得够了时，他就去了。

他当然不会像李固的《遗黄琼书》中指斥的那样以处士之名"纯盗虚声"，他大概也不会像孔稚珪的《北山移文》那样壮怀激烈地谴责不再隐居的人。他注重的是生活的自由，而不是执着于某一种外在的生活方式。

他明确地说，他希望世界上的人越不相同越好。但他愿意每一个人都能谨慎地找出并坚持自己的合适方式，而不要简单地因袭和模仿父亲或母亲或邻居的生活方式。他是一个天生的倡异议者，对每一个建议本能的反应都是说"不"。而现在有什么人愿意做人中的黄蜂呢？人们更喜欢在互相恭维的泥淖中打滚。

他的善意和同情并不表现为顺从别人，他的坚定和明智也不要求别人的顺从。他要自己绝对自主，也要每一个人都绝对自主。可是，一个人仍然可以在这种意义上成为和他一样的人，即成为一个与任何其他人（当然也包括梭罗）都不同的人，成为一个可以说这句话的人：我是我自己。

十二

从1845年7月4日到1847年9月6日，梭罗独自生活在瓦尔登湖边，差不多正好两年零两个月。瓦尔登湖不仅为梭罗提供了一个栖身之所，也为他提供了一种独特的精神氛围。

我们每个人都可能有一块真正属于自己的地方——这块地方可能并不是我们现在正匍匐的地方——但并不是我们每个人都会出发去寻找它。它不仅是我们身体的栖所，也是我们心灵的故乡、精神的家园；它给我们活力，给我们灵感，给我们安宁。我们可能终老于此，也可能离开它，但即使离开，我们也会像安泰需要大地一样时常需要它。毛姆在《月亮与六便士》中曾如此谈到这种"心灵故乡"的意义："在出生的地方他们好像是过客；从孩提时代就非常熟悉的浓荫郁郁的小巷，同小伙伴游戏其中的人烟稠密的街衢，对他们说来都不过是旅途中的一个宿站。这种人在自己亲友中可能终生落落寡合，在他们唯一熟悉的环境里也始终孑身独处。也许正是在本乡本土的这种陌生感才逼着他们远游异乡，寻找一处永恒定居的寓所。说不定在他们内心深处仍然隐伏着多少世代前祖先的习性和癖好，叫这些彷徨者再回到他们祖先在远古就已离开的土地。有时候一个人偶然到了一个地方，会神秘地感觉到这正是自己的栖身之所，是他一直在寻找的家园。于是他就在这些从未寓目的景物里，在不相识的人群中定居下来，倒好像这里的一切都是他从小就熟稔的一样，他在这里终于找到了安静。"

而梭罗是幸运的，他出生的地方就是他精神的故乡。不过，就他的祖先是从法国古恩西岛迁来这一点而言，也可以说这是一种寻找，一种失而复得。谁知道呢？也许他更其遥远得多的祖先（梭罗绝不会以自己是美洲土著的后裔为耻的）曾冒死漂洋过海，而现在梭罗又重新找到了他的故乡。

十三

世人不断致力于占有更多的东西，梭罗也另有一种奇特的占有；世人纷纷购进卖出，梭罗也另有一种奇特的购买方式。在他看来，如果你喜欢某处庄园，喜欢某处风景，你不必用金钱买下它,在它里面居住,而要经常在心里想着它,经常到它那里去兜圈子,你去的次数越多,你就越喜欢它,你就越可以说是它的主人。就像一个诗人,在欣赏了田园风景中最珍贵的部分之后就扬长而去,那庄园主还以为他拿走的仅是几枚野苹果,诗人却把他的田园押上了韵脚,拿走了精华,而只把撇掉了奶油的奶水留给了庄园的主人。

这种购买付出的不是金钱,而是比金钱更宝贵的东西,它付出的是一颗挚爱的心,还有体力,它得到的自然也更珍贵。这种占有是不为物役的占有,也是一种不妨碍他人占有的占有。

瓦尔登湖,我没有去过,不知道那是怎样一个湖,不知道它今天是否变成了某一个人的产业,可是,我们总可以在前面的意义上说——

瓦尔登湖,梭罗的湖。

迟到的四季

一

有一次，我偶尔踱到书架前，突然吃惊地发现：我久违了多少老朋友！这是些不必脱帽、不必寒暄的老朋友，可是我却冷落了他们许久。其中，吉辛（George Gissing）就是一位。他的《四季随笔》读过好些遍，可是也有很久没翻它了。现在翻开它，光这一句话就足以使人微笑而进入肃穆了："在一切事物中我追求安静，但是我得不到它，除非在一个角落里手执着一卷书。"这不是吉辛的话，是他所读的德国人恩匹司《遵主圣范》中的一句话。我想，恩匹司也是吉辛的一位老朋友。一种文化和精神的延续依靠着许多根线，而最坚韧、最牢固的几根却大概是这私下隐秘的几根。

二

　　吉辛1857年生于英国约克郡的威克菲尔德，是一个药剂师的儿子，在校读书时聪颖勤奋，成绩优异，但生性腼腆、敏感和孤独。他还未毕业，就因同情而恋上一个妓女，并为帮助她而偷钱并入狱，后来又与她结了婚。他因穷迫无计，曾跑到美国谋生：在中学教书，为报刊写稿，后来还是两手空空地回来了。回国后不久，吉辛继承了一小笔遗产，并用这笔钱出版了他的第一部小说《黎明时的工人》，受到一些人的激赏，却销路不佳。后来他又陆续发表了一些长篇小说，最著名的有《新格拉布街》（亦有中译本）。但他仍未能摆脱贫穷，并在前妻死后，与一个凶悍的女工结了婚。这场婚姻又是一次不幸。直到晚年，他与一位颇有文学修养的女子结合，才过了一段短暂的幸福生活，《四季随笔》就是在这个时候写成的。不久，他就病死了，时在1903年。

　　吉辛的个人生活似乎是一场失败，他几乎总是穷困潦倒。卡夫卡也可以算潦倒，然而他没有结婚。凡·高也爱过一个妓女，但后来她走掉了。构成一个人幸福的大部分因素，常常并不是世界上发生的那些大事，并不是会载入史册的那些东西，而常常是他身边几个最亲近的人：妻子、儿女或者朋友，以及那些日常生活中的琐事。两次婚姻的失败足以使吉辛饱尝人生的苦辛，然而从这失败中却可以见出他的天真，还有认真。吉辛的几个朋友也并不是理想的朋友，他们在他死后都以屈尊的口气、怜悯的态度来写他。吉辛几可以说一生都是不幸的，如果没有后面那一个结尾，没有后面那一个迟到的四季。

三

《四季随笔》原名《亨利·赖克罗夫特杂记》（The Private Papers of Henry Ryecroft），吉辛在写这本书时曾给它取名为《闲着的作家》（The Author at Grass），这三个名字都是好名字，这本书也配有这么多好名字。吉辛不是以自己的名义，而是以编集亡友亨利·赖克罗夫特杂记的名义，印行此书的。书中当然有自传的写实成分，因为那正是在他一生中最幸福的时候写下的，但也有渴望和祈想的成分。不过，这渴望和祈想也不是别人的，正是吉辛的渴望和祈想。

全书把许多零散的杂记按春、夏、秋、冬四季编排。吉辛说，作者是一个很受天空、很受四季运行影响的人。我相信，他也愿意把这本书奉献给这样的人——反过来说，就是不太受人间喧嚣、街头吵闹、报章聒噪影响的人。

吉辛很珍视他的这本书，他认为这是他写得最好的一部作品。他酝酿了近十年，写了两年多，他预料："在我的其他无益作品随着我的无益生命逝去时，这作品多半还会存在。"后来的评论家也是如此认为，说他的小说尽管好，但准不能使他进入第一流作家的行列,而《四季随笔》却可以使他跻身于最好的作家之列。

四

译者李霁野先生在篇首详细地介绍了吉辛和他的作品,并引述了许多见诸国外报刊和评论集而国内很难寻觅的材料。我想,只有热爱吉辛并且十分认真的人才会这样做。他对吉辛的评述非常亲切而得体,我不知道还有什么比这更好的赞词能表示一个也译书的人对另一个译者的感谢,一个后辈对一个前辈的感谢。他指出来让读者注意的东西都是真正值得注意的东西。

李霁野先生还在"后记"中告诉了我们一个有关这本书的动人的故事。这书在1947年出版中译本后,他知道陈翔鹤先生很喜欢此书,便寄赠了他一本。然后,"十年动乱初期,我已经同外界几乎隔绝,但有一天我突然接到翔鹤寄来的《四季随笔》。我想起往事,很觉欣慰,但也未觉怎样惊奇。以后我听到他含冤逝世,才知道这是他向我告别。我默默流了泪,没有向任何人说起过这件事。是呀,除了默默悼念,有什么话可说呢?"人生有诸多不幸,然而一本书能如此被人珍重地作为诀别之物,不只是这本书的幸运,也是这本书的作者和译者的幸运。

五

在《四季随笔》中，可以最清楚地感受到的就是那时光、那时间的流逝。时间自然是人所感受到的时间，或人和自然共振、共享的时间，而这就构成了人的生命。我们有昼明夜昏、春夏秋冬，这是多么好啊。我想说，重复也是一种美，循环也是一种美。

春天的时候，我从六楼下来，在我这样迟钝麻木的人的眼睛里，今年的绿叶和往年的绿叶并没有什么不同，今年的青草和往年的青草并没有什么不同，然而，我仍然感到一种美、一种生命的欣喜。而在那些感觉敏锐的人的眼睛里，在那些能叫出各种草木的名字，能分辨出绿叶的深浅、早晚的差异的人的眼睛里，这春天又会怎样，其欣喜又何如？

四季使我们不枯燥，大自然亘古的织机永远使我们惊异。美丽的景色在时光的流逝中变幻无穷，我们熟悉的环境的四时差异就足以使我们赞叹不已。就在我蜗居的一角，我也看到了春天海棠花的热烈迸放；秋天大花园的四角，山楂树上许多殷红的小小果实缀满枝头。每次躺在草地上的时候，我就感到时间变慢了，生命拉长了，也只有这时，才觉得最对得住自己。

吉辛对他居处的四时景色的描绘不像一般的游记——使你知道你没看过的风景，你不会有没去过那里的遗憾，但你可能有另一种遗憾，到一定的时候，也许不用到那个时候，你就会觉得你无须到远方了。很多东西不是用眼睛看到的，而是用心感觉到的——一颗宁静的、有所停驻的心。

吉辛写道："在我的生活中有一个时期，我被要到外国旅行的欲望所苦熬；在变化着的一年中，对于一切熟悉事物的不耐烦使我苦恼。我若是没有终于找到了机会逃脱，我灵魂所渴望的风景我若是没有见到，我想我一定会郁郁而死……但是……（现在）我相信我不会再过海了。享受这个亲爱的岛上我所知道的一切，和我愿意知道的一切，我所余下来的生命和精力已经是太少了。"

梭罗觉得有他的康科德就够了，吉辛觉得有他的英格兰就够了，你有一天也许会觉得待在一个地方就够了，如果你能从你周围熟悉景物的四季差异中感觉到宁静，感觉到生命的韵律，感觉到一种伟大的肃穆。许多歌中唱道："我的心啊，在远方——"而现在我想说："远方，就在我的心里。"我们并不需要很多：

  上天的眼睛所访问的地方，
   对于聪明人都是乐土良港。

六

人自然不能光靠景色生存。英国第一部词典的编纂人约翰逊说："一切用来证明贫穷不是灾害的辩论，适足以指明贫穷显然是一种灾害。"吉辛常谈到钱，也恰说明他总是很贫困，总是感到金钱的压力。由于贫穷，他失去了多少亲切的快乐和家常的舒适：和亲人难以相见，自禁地远离朋友，为挣钱而拼命写作自己不满意的作品。

在小说《新格拉布街》中，主人公常常焦急、苦恼地谈到钱；几个有潜力写出艺术杰作的人或因贫穷而病亡，或因绝望而自杀。19世纪末，一般平民和文人的生活仍然艰苦：阁楼、煤气、烟尘、石板路、黯淡的街灯、咯血的肺、缺少食物的胃——泰晤士河里没有鱼……今天的普通英国人也许会觉得住在一座没有花园的房屋里是不可思议的，而当时在新格拉布街的顶楼上却挤住着许多衣食无着的初出道的文人。生活优裕的人如果想证明贫穷无害，那即便不是一种虚伪，也至少是一种隔膜。

在《四季随笔》中，作者则是幸福和后怕地谈到钱，并因此同情一切尚在窘境中的人们，为他们而祈祷。他说金钱甚至使美德也变得容易："能够在小小浪费的欲望很强的时候，没有畏惧地花一点钱，是一件很愉快的事，但是能够拿钱赠予人要愉快多了！"金钱当然大部分仍会流到认为金钱是享受、是快乐、是权力、是名声的人那里去，但我也祈望有一些会流到那些更懂得其价值的人那里去。这不仅是他们应得的，而且他们不会用它来造坟、修庙、大嚼乃至嫖赌，他们会用它来做一些于己于人更有益的事情。

当然，最重要的是用金钱买时间。他们会用金钱购买人生最宝贵的东西：时间，或者更正确一点说，是闲暇——一份可体会美、体会人生深趣的闲暇，一份可酝酿艺术杰作的闲暇。所幸的是这样的购买所需的金钱也很少。很多人不愿用金钱来购买时间，他们宁愿买来许多物件，然后成为它们的奴隶，但他们若真有他们的快乐，我们也不可以苛责他们。他们要时间干什么呢？他们需要它的话，就不会用那么多时间费力挣取多出的钱了。闲暇在不懂闲暇的人那里分文不值。

《四季随笔》的作者是幸福的，他那时有了钱，有了足够维持三四个劳动者家庭的进项。他可以每日安静地散步和读书，想写点什么就写点什么，不想写就不写。然而，对其他尚处在苦难中的人们的同情呢？正义感呢？吉辛写道："这并不是说，我的更大的同情变钝了。到某些地方去，看看某些情形，我可以最有效地将生活给予我的安宁毁灭掉。若是我孤立着，故意不向那面看，那是因为我相信：人世多一个居民，过适于文明人的生活，人世便可以更好，而不会更坏。受心灵鼓励的人，让他去攻击世事的不平，去无情叫嚷吧；让有那种天职的人去战斗吧。我若这样，便违背了天性的指导了。若是我知道一点事情的话，我知道我天生是过宁静和沉思生活的人。我知道只有这样，我所有的长处才可以有活动的余地。半世纪以上的生活教给我：使世间变黑暗的错误和愚蠢，多半是不能使自己心灵安静的人所酿成；救人类不至灭亡的好事，多半从在深思沉静中度过的生活得来。人世一天天越来越吵闹；我个人不愿在增长的嚣嚷中加上一份，就凭了我的沉默，我也给了一切人一种好处。"

在接近结尾的地方，他又说："并不是我认为我的生活是其他什么人的模范；我所说的只是，这种生活对我好，而且在这样范围内对世界有益。"

愿过宁静和沉思生活的人，何妨一读吉辛！

独语

赵园写的《独语》是1996年在辽宁教育出版社出版的。作者生于兰州,长于开封,1964年、1978年两入北大。她说北大系于人物,但北大的"大"对其间的人物也可能有致命影响。而她看起来是"弱小"的,1966年她曾因某种原因休学回豫南休养,1988年她曾泪流满面,说以后再不想搞学术了。这一代人的经历也注定要颠沛流离,经受某种苦难。她对友人写到"文革"期间的巨大政治压力:未来人是否还能想象我们所经历过的恐惧?她当时临睡前甚至要把小手绢衔在口中,以防在梦中喊出反动口号。她也写到"文革"的道德后果:当撒谎被逼成普遍现象,甚至撒谎已变成了"正义",社会将为此承担怎样的道德代价?在某种意义上,正是先前的轰轰烈烈,为若干年后的商业化准备了条件。最后,生活被世故弄得浑浊不堪,甚至孩子也老于世故。

读她的书唤起了我自己一些尘封已久的经验。比如说在她12岁那年，家乡附近的小小拖拉机站曾给过她大量的幻想。70年代初，在河南乡村插队的第二年，"我已认识到自己不易改造的顽梗本性"，放弃了与老乡打成一片的幻想，开始在夜间很快上门而不让农村姑娘坐满一屋，也在田间出神而不是努力与她们交谈。"在乡村中，我才知道，我如需要孤独一样地需要'群'，甚至有时只为待在人群中，当待在人群中，却又神情不属。……我与那人群漠不相关，为了避开孤独而逃向人群，倒更像是为了在人群中享受孤独。"很可能一辈子就这样在这乡间、在这茅屋中生活下去了，但又朦胧地、隐秘地怀着对远方的渴望。那种渴望让人忧伤，你却不愿意放弃这忧伤。

赵园在1988年"泪流满面"时，实际上已经在文学研究方面取得了相当可观的学术成果，但还是会"泪流满面"，会厌倦，会有一种致命的无力感，会对有些人那样容易"志得意满"、"大言不惭"感到失望，更会对自己失望甚至绝望。这里重要的不是别人的评价，"我惧怕的是我自己"。

世上似乎有两种相对极端的人：一种人如政治家，他们总是极其自信，没有任何犹豫和恐惧，总是不假思索地勇往直前、敢于斗争、敢于胜利；还有一种人却常常不自信，犹豫不决，怀疑自己的能力，也担心伤及别人，害怕弄脏自己的手，例如遗言要烧掉自己作品的卡夫卡，例如在逃过边界线时遇到障碍即自杀的本雅明。你愿意做哪种人？或者不如说：你是哪种人？

当然，认识自己并不容易。急风暴雨的革命时代过去了，许多粗暴的、使人恐惧的东西都过去了，作者在看革命大型文献片时却突然恸哭。这突如其来的激情也使她惘然："我何曾了解我自己！"

1988年之后，赵园听从友人的建议，"试试明清"。1989年初夏到1990年，她用一年的时间读《诸子集成》、《四书集注》；1991年秋，通读《明史》；1992年冬，在香港中文大学读台湾版《明清史料汇编》；归读大量明清文集，再积数年之力，终写成功底扎实、见解独特的《明清之际士大夫研究》，受到广泛好评。但她明白自己的限度，说我们都是过渡性人物。这一代人几乎可以说是没有青春的一代，是没有青春的欢乐和享受的一代，但这一代也不容易矫情，他们实在经历得够多。

另一本《独语》

我一直暗中得几位女性作家和学者之益,喜欢读她们的作品,吃惊和赞叹于她们的观察力与想象力,以及对时代感觉的敏锐和思想的清明,甚至时有"须眉不如"之叹。其中的一位,就是王安忆。

王安忆以小说著名,不过我在这里不谈她的小说,而是谈她的一本散文集,即与赵园的《独语》同名的另一本,由湖南文艺出版社 1998 年出版。

这本书分为三辑:第一辑关于生活;第二辑关于写作;第三辑关于阅读。作者 1970 年 4 月赴安徽五河县插队;1972 年 11 月考入徐州地区文工团,演奏手风琴和大提琴;1978 年调回上海。她谈到她的家庭生活,家务是必须干的,自愿干的事情则有看电影、看电视、集邮、集币、看画、上街花钱、看克里斯蒂的小说,等等。原来想两地分居浪漫,但后来还是向往一地幸福，到一地又生出许多烦恼，但虽然如此，"还是有个家好啊"。

在一篇《本命年述》中，王安忆述其写作过程甚详：1983年从爱荷华回国后，她也曾有过一段写作上的苦闷期，至1984年秋写出《小鲍庄》才又开出一条新路。1985年到1986年，集成《荒山之恋》和《海上繁华梦》两书。1986年秋，动笔写《流水三十章》，写一个孤独与反自然的英雄汇入人流，开始普通人的生涯。后来她还有许多鸿篇佳作，她似乎总能突破自己，而且相当高产。

应该说，她从数年的插队和下乡生活中"榨取"了足够多的写作题材和内容。我一直惊异于她怎么能那样细腻地观察和记述生活。她大概是在充分地调动自己的生活积累方面做得最好的一位作家。而这也许是因为她不仅有插队的"点"的经验，还有文工团时期的"面"的观察，以及一定的自由与闲暇。但更重要的可能是，她曾经在那段时间非常用心地生活过，对人心和人性有相当深入的了解。

她也谈到插队时"与农民无望缩短的距离"，而自立户"既与农民隔阂着，又与知青同伴们远离着"。有些人大概总是会有某种内心无法排遣的孤独感或疏离感，有些事也只能独语，没有别的办法。

但说实话，读王安忆这本散文集不如读她的小说使我感动。并且，如果与赵园的《独语》做一点比较，我可能还是更喜后者——赵园的"独语"更像"独语",那里凝结着一种悲凉之气,更能够渗到心底。我感觉赵园是写得比较慢的,而王安忆是写得比较快的。当然,这也许是因为我采取了一种学者的视角,作家往往是写得快的,而学者的散文可能要慢得多,较为迟滞,不那么流畅,但也可能更深。赵园的《独语》似乎更苍老、更从容,但也更耐读,像秋夜屋檐滴下的雨水,更值得回味。人文尤其是历史方面的学者还常有较深沉的古典修养,有更多的读书经验。但是,对生命的感觉当然是最重要的,而在这两本《独语》中,都可以感受到女性对于生命的深沉而又细致的真实体验。

林嘉文，能不能不走？

——2016年2月为一位逝去的读书种子而作

继江绪林2月19日晚弃世仅仅四天之后，2月23日晚，一位更年轻（才18岁）的西安中学学生林嘉文也走了。他已经出版了两本不俗的历史著作，据说今年9月将入北京大学历史系学习，然而，"说放下也就放下了"。

这真是一个寒冽的早春。

深感痛惜之余，我反复读着林嘉文的遗书，思索他为什么离去，很想说一点什么，想提出这样一个问题：林嘉文，能不能不走？

这也是想对潜在的也健在的"林嘉文们"说话。

这个时代、这个世界可能已经有点不太适合有些人的存在，甚至可能越来越不适合。前年自由译者孙仲旭走了，去年年轻记者朝格图也走了。他们好像是相约要聚集到另一个世界去。

少了这样一些人,目前的世界外表可能更热闹,但内心可能更寂寞。

但要走也应该是年龄更大的先走啊,尤其轮不到还是莘莘学子的年轻人。很多世纪老人仍然健在,依然清明,后辈们又怎敢轻易言走?

但林嘉文还是先走了。据其家人说,他患有抑郁症。的确,我们要考虑到这种疾病。我们可能不宜将一切都归于它,但也不宜否定确有这种心理的乃至生理的疾病存在。所以,有时药物,甚至心理咨询,都还是起作用的。该吃药就还是要吃药,该咨询也还是可咨询。但的确也有一种可能:这些药物和咨询,对于自己想得越深的人作用越小。林嘉文也服过药,咨询过,但最终没有达到预期效果。

我们还是来读读他的文字,尤其是遗书,注意他思考的问题,关心他给出的解释。他也希望人们对其赴死就以他自己的解释为准。的确,林嘉文的弃世并不是一时的、"草率的轻生",一种沉重的对压抑、恐惧的感受已经推动他思考生死去留两年多了。他在遗书中首先谈道:"我最终的离去不仅是感性地对抑郁、孤独的排解,也是种变相地对我理性思考之成果的表达。"

一个人一定要赴死,大概是因为这个世界已经没有多少让他感到留恋和向往的东西了。林嘉文写道:"未来对我太没有吸引力了。仅就世俗的生活而言,我能想象到我能努力到的一切,也早早认清了我永远不能超越的界限。"

有些人会突然看到自己职业的尽头，知道它最好也不过是一种什么样的生活，于是可能放弃某些利益而改变自己的职业。但林嘉文看来是觉得自己看到了自己整个生活的远景，他觉得这远景完全不能吸引他，于是他放弃了生命。

那么，曾让他一度着迷，也显示出他突出才华的历史研究呢？这也许能够救他？除了外在的世界、世俗的世界，也还有内在的世界，有思想、学问的世界。但这方面在林嘉文看来最终也还是绝望："无用的历史研究曾让我底气十足。……每当我为活着感到疲惫、无趣时，对比之下，我总会自然地想去缩进历史研究的世界。但是即便是做研究，也并非能让我拥有尽善的生活感觉，因为有太多虚假的'研究'，还因为本质上少有其他人会对研究爱得纯粹。一个人喜欢追索，哪怕是对任意领域的，都会受到现实的阻挠和精神的压迫。问太多、想太多是种折磨，因为这样的情况下人会很难活得简单肤浅起来。好像说远了，其实仅就对做历史研究的想法而言，我只是想明白了心有天游，拘泥在一门学问之中，那样活着也是很庸碌的。"

这里有对历史研究的内在限制，即少有人会纯粹地爱这一学问；也有对历史研究的外在限制，即有现实的阻挠和虚假的研究。于是从事历史研究仍然不能拥有"尽善的生活感觉"，甚至拘泥在一门学问中的事业、生活也是"很庸碌的"。他感到了内外的限制，看到了人生的尽头。

但这看来是一种面对无限的有限，是一种面对完美的不足。

在林嘉文的心里，是有一种对个人生活和事业的尽善尽美的追求的。他自己并不看好自己已经出版的两本历史著作。我们在江绪林那里也看到了同样的倾向：在其所悬的至高的学术标准面前，他认为自己已发表在当今评分最高的学术刊物上的论文也没多大意义。而江绪林在社会政治方面还有一种追求，但是，即便他希望争取的社会实现了，他也预见到了这社会仍会有他不欣赏的东西。

对于一个追求无限和完美的人来说，看来无论怎样都无法在一个现实的世界里实现这一目标。如不及时调整，持久的绝望就可能导致死亡。

我的确不知道，林嘉文抑郁症的形成和这种完美主义是不是有一种关系，但从他的遗书中至少可以看到，用这种完美主义的标准来衡量他的事业、学问和生活是他放弃生命的一个主要原因。

那么，是不是可以反过来说：要保有生命，也许就要放弃这种完美主义？

社会不宜追求完美，这一点在这里不多说了，正是这种追求造成了20世纪的巨大灾难。而个人可能也要慎求完美。人类是一种有限的存在，个人更是如此。虽然可以追求对这种限制的一些突破，但人还是达不到无限和完美。

有了这一基本认识，我们虽然仍旧可以且应该尽量去争取更好的社会与个人生活，但同时还应该容忍缺陷、容忍不足，也包括对生活、对他人、对社会、对自己做出一些妥协。这种妥协并不一定就是负面的，它甚至可以说是生命的一种坚忍和顽强。

或许我们可以更准确地说，放弃完美主义——这还不是指放弃理想主义，而只是指放弃一种完美主义的理想主义；甚至也不是完全放弃这种完美主义的理想主义，而是不将生命（无论是他人的生命，还是自己的生命）放在完美的标准面前来衡量和取舍。

大多数人可能对完美主义是天然绝缘的，他们知道自己的有限性，乃至也安于这种有限性。但的确还有少数人，甚至很少数人，是有这样一种完美主义倾向的，而且，他们之中的一些人又特别敏感，可能还富有天才。

我们知道这样的人在社会上的不可或缺，包括他们的追求完美对于社会的意义和贡献，但是，为他们的生命计，为他们的幸福计，我们可能还是感到惋惜，尤其是如果他们的才华还没有充分展现、生命之花还没有尽情绽放就中道夭折，那就更让人唏嘘不已了。

个人慎求完美——如果要以自己的生命为代价，就更应如此。这是我的一个基本的建议。

而包括家庭、学校在内的社会，可能也同样需要放弃对孩子的一种完美主义或者说接近于它的拔高主义、急于求成主义的期许和要求。甚至我们可以追问：是否正是社会上弥漫的拔苗助长、急于求成的风气，给一些孩子定下了过高的目标，从而也给了他们一种过大的压力？林嘉文自己也觉得这几年"太拼"太累，而这就有可能酿成悲剧。诗作或还行，史学是很需要积累和沉淀的，一下出版两本书可能的确是早了点。

当前社会非常流行却很糟糕的一句话是："不要让孩子输在起跑线上。"结果从幼儿园甚至更早起，我们就将孩子推上了竞争的轨道，还不如说"给孩子留后劲"、"让我们一定坚持到达终点"呢——不仅是做一件事的终点，也是一生的终点。且不论快慢，让我们就按照自己生命的节律，努力但也基本上自然而然地到达终点。运动会都是从终点来观察一个径赛运动员的成败的，而且我们还希望这一径赛是马拉松而不是60米跑，即我们希望人们尽量活得长久。古希腊的贤人还更看重从终点来观察一个人幸福与否，而不仅仅是成败。

从功名来看，不管多么努力，大多数人的一生都还是普通的。出众者总是少数，要不怎么叫"出众者"？不用把每个孩子都当成未来的比尔·盖茨、爱因斯坦或国家领导人去期望和培养，一生平安幸福就好。

家有非常优秀甚至相对完美的孩子固然很好，但父母也一定要非常密切地观察她（他）们，非常小心地爱惜和对待她（他）们。因为命运之神有时甚至会让人有这样一种预感：一个孩子过于优秀了，或者相当完美了，可能就容易先走，好像上天要优先收回他的杰作。

这不是说不要去提升孩子，但任何提升都要因势利导而不能拔苗助长，要大致符合孩子的潜力（"潜力是无限的"这句话，我认为是不真实的），要让孩子感到基本胜任、愉快，且应该更为重视长远的实力的培养，而不是一时的成绩和荣誉的获得。

一个异常聪明的孩子看到了生命的远方，看到了一生的尽头，而人生的尽头最确凿无疑的自然是死，或者如鲁迅所说，都是坟，而坟最终也都要湮灭的。我们几乎再也不敢说什么事情是必然的了，但死亡永远是必然。人们可以因其必然而恐惧死亡，也可以因此不畏死亡——但仍然不要去加速死亡。人们可以有各种选择，可以让事务或者享乐填满生活，也可以从容、安静地做自己喜欢的事情而等着大限的到来。正如史铁生所说：死亡是一件最不需要着急的事情。我们还是可以在此之前做许多事情，有许多经历。

所以，比较具体的一个建议就是：如果一个人决心赴死，先列出你采取这个行动之前要做的一件事——比如说你最想做的一件事，或必须做的一件事，哪怕是看起来没什么意义的一件事——至少一年为期。在做了这件事之后，如果你还是执意要走，可能的确就没什么办法了。但你也有可能甚至很有可能改变原来的主意。我相信生命力尤其是青春的生命力的丰盈，相信它的无孔不入和不期而至。它已经创造了无数救人于溺、起死回生的奇迹，它还会继续创造奇迹。

大学老师是些什么样的人？

"大学老师是些什么样的人？"现在还有人对这一问题感到神秘，甚至感兴趣吗？现在的大学老师犹如"过江之鲫"，他们不是和校园之外的人差不多吗？而且这一职业也早就失去了昔日的光环。现代世界几乎所有的职业都经历了一个"脱魅"的过程，在中国这一变化更加剧烈，从"臭老九"到"叫兽"的称谓变化反映了这一过程的一个侧面，虽然这不是变化的全部。

美国的教授作家约翰·威廉斯的小说《斯通纳》，写了20世纪上半叶一个大学老师的经历。斯通纳是美国中部一个农民的儿子。20世纪初，他父母在日渐贫瘠的土地上辛苦劳作，生活艰难。他从小就一边上学，一边帮父母干活，到19岁的时候就已经有点驼背了。他很可能像他父亲一样度过农民的一生，但是有一天他父亲和他谈了一次最长的话——虽然也就几分钟——说他"琢磨着"要让他上大学。斯通纳就这样带着家里赊来的 25 美元,来到了密苏里大学农学院,一边读书,一边寄宿在附近一个亲戚的家里干活挣取食宿。

然后,可能是一个文学课的老师触动了他,他大二停了农学院的课,开始主要上文史哲的课,还学会了古希腊语和拉丁语。后来,他幸运地留校做了助教,出版了一本书之后,又获得了终身教职,但直到退休前都还不是正教授。他也成家生女,虽然和妻子长期不谐;介入了校园政治,和一位系主任长期不对付;有过几个好朋友,也有过一次铭心刻骨的外遇。他的教学也越来越吸引学生,甚至变成了一个言说的传奇,但也仅此而已。变成文字出版的有价值的东西可能影响人们许多年,但授课所产生的感染力则往往是人走灯灭。他 60 多岁退休前发现了癌症。他走了,人们也就渐渐把他忘了。

他是一个凡人吗?可以说是,但又不是。他既不是那种富有创造性的天才,也不是道德高尚的圣徒,或者是在各方面都能为人师表的人。他是一个尽职尽责的好人,虽然有些事做得也不是特别智慧,但是,我们从他身上还是能发现一些与众不同的地方,尤其是一些很适合做大学老师的特质。

在大一的课堂上,当他的英国文学概论课老师斯隆朗读出莎士比亚十四行诗的第 73 首:

在我身上你或许会看见每年的这个季节

黄叶或尽褪，或三三两两

　　……

他心里一定有什么东西被触动了。但是，当老师问他这首诗的意思时，他只能结结巴巴地反复说"意思是……"，却再也说不出什么了。然而，他的内心一定有了某种深深的感动，才使他后来放弃农学转向人文，不然他不会做出如此的选择。但他那时还只是被感动，尚不能清晰地表达这种感动，更不要说去感动别人。他后来是通过更多的学习和体悟、更多的训练和实践才渐渐获得了一种通过授课也能感动别人的能力。

　　所以说，大学老师——抱歉，我这里是指真正的大学老师，他们一定要达到某一数目，并且处在比较中心的地位，一所大学才配称"大学"——第一，他们要有一种被感动乃至也感动别人的能力。首先，他们能发现和欣赏具体知识或作品后面的美和真。其次，他们能通过口头或书面的语言把这种感动传达给别人。这不一定都是通过他们自己的独特创造，但他们至少能够理解这种创造。他们有的还能通过创作感动别人，如这本小说的作者威廉斯；有的却还主要不是通过创作，而是通过授课来感动别人，如这本小说的主人公斯通纳。

　　第二，他们还有一种对教师工作、研究工作本身的热爱，就像斯通纳的文学老师斯隆说的："前提是你得发自内心喜欢这种事儿。"他们当然也要考虑生计，要考虑养家糊口，但他们对自己的工作也有一种作为目的本身去热爱的动力，即他们有一种自动力。他们不仅仅是作为手段去热爱知识，而且还热爱其中的真和美。所以，真正的大学老师其实是这样的人：不需要打卡，不需要考评，你给他们闲暇，他们自己就会不可遏止地去读书、写作或者上课、与学生交流。

重要的是，大学要找到这样的人，容纳这样的人。一所大学找到了足够多的这样的人，基本就可以"无为而治"了，或者只需一种服务性的管理，它也还是能成为一所好大学。

这就要说到大学的本质了。人们一直说，大学是培养人才，甚至培养"国家栋梁"、"文化精英"的地方，说大学应该是学生本位的。但这可能只是说到了大学本质功能的一个方面，甚至不是先决的方面。斯通纳的朋友马斯特思曾经郑重地讨论过他所理解的"大学的本质"，他说大学其实是一个"庇护所"，是这样一些人的"庇护所"：这些人无力或者不愿在外面的世界竞争，不想在政界、商界竞争，甚至他们就是外面世界竞争的失败者，是外面世界的"弃儿"，但他们也得活下去啊，大学就是让他们按其心愿活下去的一个场所，"大学就是为这个世界的弃儿而存在"。大学不仅是各类精英的养成所，还是校园之外的近乎"无能之辈"的庇护所，甚至像养老所，这真是有点诡异，而由这样的无能之辈来培养各类精英，就更加诡异了。

但这可能也并不诡异，外面的世界是功利的世界，大多是和物和权打交道的世界，而大学的本质或核心却不是这样。前面说到的感动和热爱都是非功利的、非物质的、非手段的,即它们触及精神,触及知识和真理的目的本身。由这样一些能够意识到目的本身的人来大学里教授知识,甚至也创造知识,可能是最好不过的了。当然,上面所说的大学老师们并不一定都能成为创造者,但他们至少是精神的传承者,是薪火的传承者。他们触动学生,他们也互相触动。触动最深的学生也可能成为教师,久而久之,就形成了一种传承。

他们是幸福的吗?当然是的。多少人只能将自己的工作当作一种致富或谋生的手段,而他们却是在做一种工作本身就是自在目的的事情。他们会因这工作本身而得到最大的愉悦,然后才是其保障。仍以斯通纳为例,他的确有许多不幸:他所在系的系主任长期压制他;他的妻子和他的生活很不融洽——他的妻子其实是有点艺术气质的人,但两人终因性格不合或对婚姻准备不够而总在冷战;这种冷战甚至影响到他的孩子,他的很有天分但也需要保护的女儿后来一事无成且酗酒。但他最后还是与系主任达成了某种妥协的和解,与他的妻子达成了更大的和解。他的一生基本还是幸福的:他有很少但很好的几个朋友;他吸引了许多学生;他热烈地追求过、挚爱过,也得到过挚爱;而最重要的,他从田野里走了出来,找到了他一生衷心热爱的工作——大学老师。所以,斯通纳在退休的告别晚宴上说:"我已经在这个大学教了将近40年书,我不知道,如果我不做一名教师我还能干什么……我要感谢你们所有的人,让我来教书。"

但我们还不知道今后大学在外部世界金钱和权力的夹击和侵蚀下会怎样演变。如何让大学始终保有这样一批人，可能将变得十分关键。斯通纳认为系主任的得意门生沃尔克就属于"外面那个世界。我们不能让他进来。因为我们这样做了，我们就变得像这个世界了"。我对这一道理不怀疑，但对其所指的具体对象倒是有点怀疑。门生且不论，那位系主任看起来倒不像"外面的人"，而是一个够格被大学"庇护"的人。也就是说，即便都是够格被称为大学老师的人们，也还是会内斗的。而且，由于涉及对真善美观念的不同理解，斗争起来可能更加固执，也可能会互相排挤。这当然是不幸的，因为他们还要和外面的世界及大学里真正的外人抗争。好处是有些思想辩论和斗争会促进知识的发展，虽然这样的斗争最好始终限制在观念的领域内。

在中国，大学也受到了市场大潮的冲击，以及急剧的扩张、合并等。在此前后，还有不断的"掺沙子"——将并不适合大学的人引入大学，包括放在各级领导岗位。大学今后将如何变化还不得而知，但有一点或可预见：如果前述之人在大学里越来越少乃至近乎绝迹，那也就是大学灵魂的终结。

希望在人间，希望不在人间

——在 2017 年岁末史铁生纪念会上的发言

史铁生走在岁末，走在满 60 岁之前的几天。他好像不想画一个句号，不想完成一个甲子，好像还想继续与我们同行，继续走在文化、精神和信仰的探求之路上。但他现在已经走在了我们所不知晓的另一条路上，或许正在某处看着我们。他留给我们的，我们所能知道的，只是他人间的足迹和作品。他走的是一条探索之路，也是一条未竟之路。他随时准备死，但还是活到了他能够"坦然赴死"、"历数前生"、"入死而观"的时候（诗"永在"）。而且他是在这样一个忌日走的，让我们在每一年的最后一天，不仅怀念他，也反省我们自己。

对于信仰者甚或慕道者来说，最大的希望，最高和最终的希望，是不在人间的。他们渴望永生，但这种永生的方式大概是我们人类所无法认识乃至无法想象的。

首先，如果要在人间实现最大的希望，实现永远的、一劳永逸的完美与永恒，人是有所不及的。人性就是人性。人就是一种中间的存在，或者更确切地说，是一种中间向上的存在。人在知识、情感、意志、精神和道德上是有局限的，企图完全改变人性，使人间社会臻于至善，是不太可能的。如果要强行改变，那甚至是灾难性的。

其次，假设我们达到了人间社会的至善状态，建立了一个我们所能想象的人间天堂，那可能也是作为人类的我们所不能永久享受或忍受的。我们甚至无法想象——按照人类的想象——这样一个社会能够持续地、永久地吸引我们。

史铁生对信仰想了很多、很深，大概也想得很苦。他是在追根究底。他想过如果在人间实现天堂会怎样——比如说全世界的人都像佛陀那样生活，或者全世界的人都成为基督徒，都灭绝欲望，或者都成为天使——他发现那也还是不行，或者说那就不再像人间了。人间没有天堂，人实现不了天堂。

我最近读到特雷莎修女晚年在日记里写的一段话，她说："我心底充满了绝望，如身在孤岛，孤独荒凉，唯有时时向上帝祷告。"她实际是生活在绝望之中的——当然，是对尘世绝望，不是对上帝绝望。

但是，人在尘世的绝望之中怎么生活呢？

希望不在人间，但是，人间还有关爱，关爱在人间。或许正是因为希望不在人间，人类就更希望关爱，更需要关爱。特雷莎修女正是这样做的。

然而，有了这关爱，似乎这世界又不再是完全绝望的了，它带来了希望的微光，带来了温暖。

我想，史铁生也是这样。他探究人间，的确看不到他最大的希望，人的肉体也"命若琴弦"。但他并不在失望中等待，更没有愤怒和怨恨。他实实在在地关心这世界，热爱这世界上的人们。他也许并不是多么依恋这世界，但他依恋这世界上的人们——至少一些人。他是一个给这个世界带来光亮和温暖的人。

也许正是因为有这样一些人，这世界就还是有希望，我们就不应该绝望。希望不在人间，希望又还在人间。史铁生就是这样一个给这个世界带来希望的人。

的确，正是因为看到了希望不在人间，所以，我们也不必把世界看得太重，包括把政治看得太重，无论是国际政治还是国内政治。政治固然重要，但它也有良莠和高下，需要改善，需要争取，需要抗争。政治关系到我们所有人的生活。我们要看重政治，但又不能看得太重，还有比政治更广大和更高远的东西，有超出政治甚至超出人生的东西。

对更高存在的信仰，能够给做好事、做善事的人们提供强大的精神动力。我们的确发现一些最为坚忍地抗争的人，表现出最长久的关爱的人，后面是有精神信仰的支持的。正是因为他们的心里有更高的存在，有超越人间最大权力的东西，所以，他们的报偿不仅仅在地上，更是在天上，他们的成败也不仅仅在此世，更是在永久。他们不会那么在乎尘世的得失和成败，不会畏惧迫害，他们比较能够坚持。当然，他们也清楚在尘世不可能实现完美的理想。

"时无英雄，使竖子成名。"但这还是尘世的英雄，是功名的英雄，是以成败论的英雄。按照帕斯卡尔的分类，这是最低一等的伟大。其实，我们这个时代还是有一种精神的伟大或者说文化的英雄的，只是容易被遮蔽。我相信，只要这个时代还能够延伸下去，延伸至更长远的未来，甚至延伸至永恒，那么，史铁生的名字总是要被记住的。

心灵史拾零

心灵史上的无语者

20世纪初的学界政坛,曾有一对相当活跃的夫妇——刘师培与何震,其人其事始终让我耿耿于怀。他们唤起的感情倒不是喜欢和敬重,而是一种哀伤与痛惜。尤其是何震的命运,让人怜悯。

刘师培是扬州世家才子,1903年会试不中,自此绝意科举,走向革命。1904年,刘师培携未婚妻何震赴上海,何即入爱国女校就读。何震原名何班,字志剑,也是出身书香世家,而她一旦接触新思潮,思想比自号"激进派第一人"的刘师培还要激进,其性格也相当强势。为显示男女平等,她不仅改名,将姓氏也改为从父母两姓,自署"何(殷)震"。1907年,她与刘师培、姻亲汪公权、苏曼殊同赴日本,与章太炎同住一处,跟苏曼殊学画。

何震并发起"女子复权会",夫妇俩又与人创办"社会主义讲习会",而以刘师培为主要撰稿人的《天义报》也是作为"女子复权会"的机关报发行的。刘、何二人在该报发表了不少当时影响甚大的文章。何震撰有《女子解放问题》,认为不仅中国社会男女不平等,西方社会的男女职业平等、女子与男子拥有同样的选举权和参政权都还不是"真平等",必须实行"根本改革",女子才能真正解放,这就是要走所有人均等以及废除私产和政府之路。"故谓职业独立,女子可以解放,不若谓实行共产,妇女斯可得解放也。"又"与其对男子争权,不若尽覆人治","由运动政府之心,易为废灭政府之心"。何震还写了《女子宣布书》、《女子复仇论》、《论女子当知共产主义》、《女子革命与经济革命》、《〈共产党宣言〉"论妇女问题"语》、《论中国女子所受之惨毒》等文。

1908年,刘师培夫妇与章太炎闹翻,章搬出刘家,其原因迄今还不是很清楚。有学者认为,或许因为汪公权是何震的情人,两人经常双飞双入而让章看不惯,或何、汪觉章碍眼,而刘又受何挟持。如朱维铮就写道:"平情而论,刘师培与何震,名为夫妇,情如狮羊。就现有材料看,何震在婚后宣称与刘师培'男女平等'是假,以传统的'河东狮吼'方式对付刘师培是真。"事后何震还写信给吴稚晖"揭发"章太炎。不管怎样,夫妇两人以后在日本的处境就开始有些麻烦了,备受党人冷淡,故当年11月即回国。后刘师培转投清末权臣端方幕府,思想渐趋保守,沉潜于国学。何震也渐渐安静下来,没有再写文章,也未有什么风波，似拟重回家庭，夫唱妇随，走"相夫教子"老路。1910年，何震产下一女，可惜几个月后就不幸夭折。辛亥革命那年，何震留在武汉，刘师培随端方入川。端方被杀，刘陷四川。何震曾辗转千里蜀道寻夫，后又随夫到晋做家庭教师。当1919年刘师培年仅36岁即辞世时，何震因受刺激精神失常，后来削发为尼，法名"小器"，不知所终。

何震虽然性格要强，却分明还是一弱女子；观念一度激进，却还是又退回家室；感情或曾出轨，最后也还是夫妻同命。这里有社会和时代的原因，也是人之本性和个性行为逻辑使然。尽管何震的人格确有疵瑕，思想也有偏颇，但这毕竟是一个生命，一个曾经有高远理想和勃勃生气的生命，她的结局不能不让人唏嘘。发愿宏远而终归"小器"，震烁一时却旋即歇绝，悲夫！

而何震有如此大的转折，究竟是如何考虑？她没有留下文字，我们不得而知。何震遁入空门后的心路历程，我们更是无从得闻。她仅仅是受丈夫逝世所激而削发为尼，还是最终看破红尘而获得了新的信仰？在古寺青灯的漫漫长夜中，她如何看待她曾经的"叱咤风云"，以及与诸多名人纠缠的往事旧文？她是忏悔、回味，还是认为政治事小、信仰事大，而将一切恩怨荣辱都视作尘埃轻轻拂去？我们对这些一概不知，只有"不知所终"四字。或许她最终找到了自己心灵的安宁乃至幸福（如此，怜悯者就可能反而要被怜悯了），只是我们不再知道而已。我们甚至不知道何震在遁入空门之后还生活了多少年。她不像刘师培那样留下了许多学术著述,很快就几乎没有什么人知道或关心这个名字了。

而在充满诡谲和政治风暴的20世纪,中国人的心灵史上还有多少这样的无言者或失语者?在那最后的一天,被反复批斗之后于太平湖边久久踯躅的老舍想了些什么?安静地准备自尽的傅雷夫妇在死前的那一夜想了些什么?拥有一支健笔,最后也是"不知所终"的储安平想了些什么?年过八旬,被红卫兵抽打后驱逐到一间小黑屋、早已感到"寿则多辱"的周作人想了些什么?……然而,他们都没有留下什么文字或声音,对这些我们均一无所知。我们这里尤其指的是这样一些无言者,他们本有敏感的心灵,又有相当的思想和表达能力,在大难之后或生死之际,虽然此前在其他方面多有表现,甚至叱咤风云,但此时在精神状态和心灵转折方面却不著一词,这不能不是一个遗憾。

他们是万念俱灰,还是因形格势禁而不得不噤声?当然,无言或寡语者还有别的可能,或是为了保持自己某种容隐的尊严,甚或是因为已经睹见只可意会不可言传的光明。我们也许可以从一些逝者的片言只羽窥见一二。王国维自沉于昆明湖前遗言"义无再辱",李叔同在日渐枯槁的最后时刻绝笔"悲欣交集"四字,而何者为"义","辱"系何指,"悲"为何事,"欣"又何为,他们都不再明言,或者也无法明言、不必明言。一切已尽在无言中。

的确，无言也可以是一种"声音"，可标状出环境的险恶和人心的无奈，甚至可标状出某种非语言所能描述的精神境界。然而，为一代代后来者的精神之旅计，我们还是希望听到更多发自内心的声音。

世纪初的忏悔

2007年12月25日，圣诞节。我与家人自洛杉矶沿1号公路开车北行至旧金山，坐在中国城一家餐馆里，过往摩肩擦背，多闻母语，四周熙熙攘攘，皆是乡情，尤饭菜极可口，但心中却有一丝不安，隐隐记得有一位文字深深触动过我的中国人就逝于此地。归洛城，一夜寻读黄远庸《忏悔录》，果然如此：这位晚清末科进士、民初第一记者，观察犀利，持言独立，既雅不欲劝进袁世凯，又素不肯美言孙中山，终不得不远避他乡，却仍在1915年12月25日，也是一个圣诞节的下午，在旧金山唐人街的广州楼被中华革命党美洲支部派来的枪手暗杀，时年三十。未凋于华土，却殒于异邦；未死难于"反动派"之刀斧，却葬身于中华革命党之手枪。这不能不让人为之深深叹息。

黄远庸自小即才华横溢，中学根底极好，又通晓西学；走向社会后，既关心现实政治，投身实际事务，又有丰富感情和超越性思考。他出身书香世家，从小饱读诗书，同时又有洋人家教，先是在南浔公学求学，闹罢学后又回到科举，两年内三科连捷，成为进士时还不满二十。但他不肯为官，又到日本中央大学学习法律，回来后做过官员、律师、记者，被誉为"少年英杰"、"报界奇才"。

这可以说是一份让人非常羡慕的履历。他还很年轻，且其事业和影响力正如日中天，受各方拉拢，前程远大。然而，黄远庸的《忏悔录》中却充满了一种失败感和近乎绝望的情绪。显然，他心中所悬不是功利的标尺，而是精神的标尺。以功利标准衡之，其可视为左右逢源之幸运儿；以精神标准衡之，却可能是进退失据之困兽。

刊于1915年11月10日《东方杂志》的《忏悔录》，几可看作黄远庸的精神遗嘱。就像杨绛的《写在人生边上》，一开始也是涉及形神关系的问题，它优先考虑的是：人的形体死了是否还有灵魂，灵魂是否不朽？而另一个问题是：是否也有形体未死而灵魂已死的情形？这符合一个忏悔者的心境，因为他感到他在自己的活动中失去了精神的真宰，他必须拂去尘土，重拾灵魂。

当然，"所谓魂死者，形容之词耳。魂非真能死者也"。这里所谓的"魂死"，实际是指道德意识的沉寂无声，指良心的死灭、精神追求的放弃。"吾之灵魂，实有二象：其一，吾身如一牢狱，将此灵魂，囚置于暗室之中，不复能动，真宰之用全失；其二，方其桎置之初，犹若拦兽羁禽，腾跳奔突，必欲冲出藩篱，复其故所，归其自由。"然而，"牢笼之力大，抵抗之力小！百端冲突，皆属于无效，桎置既久，遂亦安之。此所谓安，非真能安。盲不忘视，跛不忘履，则时时从狱隙之中，稍冀须臾窥见天光"。

在黄远庸那里，这"天光"暂时主要是内在的"良心"，或者说客观审视的"他人之眼"。借此"天光"，"不窥则已，一窥则动见吾身种种所为，皆不可耐。恨不能宰割之，棒逐之！综之，恨不能即死！质言之，即不堪其良心之苛责而已"。然而，这巨大的痛苦，是人的精神深化必须经历的过程，是人的"炼狱"。人的"灵魂必曾一度或数度被其躯壳所囚狱。若曰未曾，则其将来必入此牢狱"。而"入此牢狱"的结果大致有三种："其一，则魂以瘐死，一死不可复活。自此以后，永永堕落。……其二，则其灵魂日与躯壳奋战，永无和议之望。……憔悴忧伤，悲歌慷慨，甚乃自杀，或已早亡。……其三，则破狱而出，出魔入道，出死入生。此后或为圣贤，或为仙佛。即其不然，亦得为有道之君子，模范之市民。"而要想灵魂"破狱而出"，必须首先认识到"形为心狱"的事实，必须先经历一个内心"奔突叫号"的过程。

而既然有忏悔，有沉痛，就说明灵魂并没有全死。的确，这里的"天光"还不是超越的"光"，而主要是道德的精神，是伦理的"良心"，亦即"他人之眼"，还不是"上帝之眼"。

这使我们考虑这样一个问题：社会生活和个人精神生活究竟有何联系？政治和宗教信仰又有何种关联？一个或可从基督教民族的道德实践中引申出来的问题，无疑包含更广和更有意义："人生的道德、价值、意义是否归根结底不能没有上帝？"上帝（或一种对超越存在的信仰）与民主的联系毕竟不如上帝与道德的联系紧密，或者说，信仰与某种政治理想的联系恰恰是通过彰显其中的道德原则和价值来体现的。超越的存在可以为道德提供一种神圣的制裁、标准和动力，可以使道德圆满，使德行与幸福连接，使道德的善真正成为至善。而有信仰的人也是有信心、有原则的人，虽然这种信仰又常常是恰恰是通过不完全信任人本身的善来达成。

总之，这是20世纪初中国人的一份忏悔录，黄远庸或许是新时代做出深刻精神忏悔的第一人。他不像西方的忏悔录作者如奥古斯丁那样匍匐在地呼告上帝和深究原罪，也不像卢梭那样甚至有些自恋地剖白和展览自身的弱点。但它也已不是传统中国士人的"自省录"或"功过格"，它不仅有了新的时代内容，在惨痛和分裂的程度上也为过去中国的作品所不及。其时清廷已亡，共和方起，人们或以为那是一个大变动时代的结束，而在后人看来，那不过是一个大变动时代的开始，更大的血火和炼狱还在后面。这篇《忏悔录》的内容主要是道德的反省、良心的挣扎。但我们已可看到对形神关系、灵魂不朽等人生根本问题的探究，对超越信仰的隐秘渴望。它也许没有跨过信仰的门槛，没有使用宗教的话语，却保留着与政治和人间社会的鲜活联系。

这也是20世纪少有的心灵剖白，是随后近百年中茕茕孑立的游魂。它没有影响到大众，甚至也很少影响到知识分子。偶尔的几个人，像梁漱溟，在为其震动和痛惜之余写下了《究元决疑论》，但这样的心灵还是太少了。

不久，中国就进入了一个狂风暴雨、内忧外患的时代，进入了一个直接行动和群众斗争的时代。于是，此后的中国，有多如雪片的"检讨书"，而再难见深刻自省、考问自身灵魂黑暗的"忏悔录"。也许，这正是"后人哀之而不鉴之，亦使后人而复哀后人"之故。

"殉道"还是"殉清"?

1918年11月10日,梁漱溟的父亲——梁巨川(名济)先生,在他60岁寿辰即将到来之际,自沉于北京的净业湖(积水潭)。他在留下的《敬告世人书》中明确写道:"吾今竭诚致敬以告世人曰:梁济之死,系殉清朝而死也。"

梁巨川何以"殉清"?何以要为一个已经灭亡且肯定不可能再复活的王朝殉节?的确,在中国的历史上,尤其自宋代以来,为前朝殉难死节者不绝如缕,但是,在民主共和的呼声大倡,民国也已经七年的形势下,为什么还要"殉清"?确实,辛亥以后梁即有死志,但除了家事牵扯,也还想再观察民国一段时间,或等新国会开会时再吁告新议员而死。而民国的时局却不断使其失望。1917年曾发生过张勋试图用武力使清廷"复辟"的事件,梁巨川并不赞同此事,他曾为此数次投书张勋劝阻。张勋事败后,他痛感事主及预谋其事的名士大老无一人致命殉节,大约此时就已下定决心,无论如何要在甲子之年前自行赴死。

梁巨川之死,立刻引起了舆论的注意,而不管是否赞成其政见,评论者都表示了深深的惋惜。社会学家陶孟和认为他自杀是本于两种错误的理由:一是把清朝当国家;二是以为自杀能够唤起国民的爱国心。胡适认为他的精神让人敬重,但可能近年来他对新知的接受不够。甚至梁先生本以为会骂他的陈独秀,也对其言行一致和"真诚纯洁的精神"表示了敬意。七年后,诗人徐志摩又重提此事,说即便梁进大学法科理清他所有的政治观念,他也还是会坚持自己的信念而赴死,因为在"他全体思想的背后还闪亮着一点不可错误的什么——随你叫他'天理'、'养'、信念、理想,或是康德的道德范畴——就是孟子说的'(所欲有)甚于生'的那一点"。这种"精神性的行为,它的起源与所能发生的效果,绝不是我们常识所能测量,更不是什么社会的或是科学的评价标准所能批判的"。

的确,陶孟和注意到了梁巨川此举的前后两个向度:一是对过去的殉节;二是他还希冀唤醒现在的人们以图未来的改造。但是,他简单地将其殉节的前后意义都归结到"国家"、"政府"的层面上却是有误。甚至陈独秀也注意到梁所殉的是一种"主义"。而徐志摩应该说抓住了更为根本的"一点"精神,梁漱溟则将这一点精神径直称为"道德的素质"。

我们可以再看梁巨川先生自己的心声。他说:"吾因身值清朝之末,故云殉清。其实非以清朝为本位,而以幼年所学为本位。吾国数千年先圣之诗礼纲常，吾家先祖先父先母之遗传与教训，幼年所闻以对于世道有责任为主义，此主义深印于吾脑中，即以此主义为本位，故不容不殉。""清朝者，一时之事耳；殉清者，个人之事耳。就事论事，则清朝为主名；就义论义，则良心为通理。"

梁先生其实并不是一个顽固保守的人，他赞成变法改革，支持宪政，让儿女学新学，鼎力资助和参与最早用图画和白话开发民智的《启蒙画报》和《京话日报》。他四十才出仕，也非清朝的高官显宦，但他自觉对清朝已经有了一种连带关系，有了一种信义责任。他甚至愿意为这一责任去死，意在提醒这个逐渐丧失信义的世界应有所怵惕。他愿"以诚实之心，对已往之国"，望世人亦"以诚实之心，对方来之国"。故其死"非仅眷恋旧也，并将呼唤起新也；唤新国之人尚正义而贱诡谋"。

正是立足于道义，梁先生一方面对完全否定过去的伦理纲常表示不满，认为："我旧说以忠孝节义范束全国之人心，一切法度纪纲经数千年圣哲所创垂，岂竟毫无可贵？"另一方面，又对民国以来的社会道德和政治状况表示痛心，说："今吾国人憧憧往来，虚诈惝恍，除希望侥幸便宜外，无所用心，欲求对于职事以静心真理行之者，渺不可得。此不独为道德之害，即万事可决其无效也。夫所谓万事者，即官吏军兵士农工商，凡百皆是。必万事各各有效，而后国势坚固不摇，此理最显。我愿世界人各各尊重其当行之事。我为清朝遗臣，故效忠于清，以表示有联锁巩固之情；亦犹民国之人，对于民国职事，各各有联锁巩固之情。此以国性救国势之说也。"

抽象的道义是要体现到具体的社会制度和个人行为上来的，而不应开空头支票。但是，我们在这些社会制度和个人行为中又不宜只看到"具体"，更应当看到那抽象而普遍的道德精神和普遍原则，而有一些这样的最基本的原则规范和崇高精神是可以超越朝代和时代的：应在旧朝存，也应在新朝存；在王朝社会是正当的，在共和社会也是正当的。甚至过去的君主也有这样的认识，比如清朝就曾钦定表彰明末抗拒自己的殉节者，反将变节奉己者列入"贰臣传"。到了20世纪，反而有为了狭隘的一己之功利而不惜践踏最基本的社会伦理的现象。

梁巨川先生并没有鼓吹一种传统的至高道德，希望社会"希圣希贤"，成就一种君子伦理。他所希望于民国之人的道德约有三端：一是勿仅斤斤于争权利、功利，也要讲责任、道义；二是各行各业，尤其是官员，都要遵循自己的职业伦理，尽职尽责；三是社会要讲信义，尤其是上层，要言行一致。他并引孟德斯鸠语，强调民主国的人们必须更重视道德。这就是他的相当具有现代意义的道德目标。然而，他所采取的手段的确又是相当传统的：为了唤醒世人努力建设这一基本的社会道德，他不惜献出自己的生命。

对于这类自尽之事，我们自然不宜事先提倡其行，但须事后敬重其人；甚至有此意者也不宜要求他人如此做，而至多自我奉行,且需要慎之又慎。话说回来,如果一个数百年并非完全无功的王朝倾覆,尤其相伴的还有一种数千年并非完全无益的文化消亡,最后竟没有几个人为之捐躯死节,客观上也是这个民族的羞耻。

梁启超的信仰根底

在丁文江、赵丰田编的《梁启超年谱长编》中，收有梁启超1925年7月10日写给梁令娴（思顺）等孩子的一封信。梁启超在其中写道：

思成前次给思顺的信中说："感觉着做错多少事，便受多少惩罚，非受完了不会转过来。"这是宇宙间唯一真理，佛教所说的"业"和"报"就是这个真理（我笃信佛教，就在此点，七千卷《大藏经》也只说明这点道理）。凡自己造过的"业"，无论为善为恶，自己总要受"报"，一斤报一斤，一两报一两，丝毫不能躲闪，而且善与恶是不准抵消的。……并非有个什么上帝作主宰，全是"自业自得"，……我的宗教观、人生观的根本在此，这些话都是我切实受用的所在。

梁启超虽研佛学,但很少谈到他自己的个人信仰,这次是在给孩子的信中谈到,可谓深入肺腑,语重心长。记得我在20世纪80年代第一次读到这封信时,颇有点吃惊:以前不知在这位深具"启蒙理性"的人的心底,竟也有这样的一点神秘。

虽然这些都是常语:"善有善报,恶有恶报,不是不报,时候未到",以及"天网恢恢,疏而不漏",等等,但将之作为一种内心的根本信仰以及立身的基本准则,却仍是不凡。这里的"善"、"恶"都是指切切实实影响到了他人的"善行"、"恶行",而"报"则是相应地对自己发生的结果。昔日西汉飞将军李广战功至巨,却不得封侯,他人为之抱不平,他后来自己倒有一个解释:他曾经坑杀过降卒。这也可以说是一种"业报"。

但之所以说树立此"业报"的信仰并坚定奉行还是不凡,是因为现实生活中还是有不少善行未得善报、恶行未得恶报的情况。对此或可解释为:有许多报应固是"及身报",但也还有些似乎是"报在子孙"——先辈的德行庇荫了后辈,直接或间接地给他们带来福泽;先辈的恶行则给后辈带来了灾难。所以,俗话有"为子孙造福"还是"为子孙造孽"之分。

吾父是"土改"干部,参加工作不久,就遇到"清匪反霸",内定要将一位当地的小学校长——常被请去排解纠纷的乡间权威——作为地方一"霸"斗争处死。吾父不忍,暗中将这一消息传递给这位校长,这位校长遂走避他省,虽然几年后仍被抓回,但风暴已过，逃得一命，只判了几年徒刑，其家族还在改革开放后繁荣致富。当时父亲的所为被发现，虽组织念其刚参加工作还可录用，但他从此背上了"阶级阵线严重不清"的"错误"而仕途受限。吾家人多，也有过一些艰困的时候。后来我们几个孩子都还算自立争气，有了一点出息。除了父母养育，细想这里还有父母"为儿女积德"之因，尤其是"救人一命，胜造七级浮屠"，或在冥冥中庇荫了我们。静夜思之，油然地深谢父母之恩。

冥冥中是否有一种神秘的因果？常人不得而知，但还是可能会有所尊重。而且，对这种"报"也还是可以有一些理性的解释，比如说善行自然比较容易带来他人善的回报或社会的奖赏，恶也会引发正义力量的惩罚或招致别人恶的报复。父母善良的品质和作为会影响儿女的行为和品德，乃至形成一种家风；而父祖一辈的恶行和树敌也会带来宿怨，从而影响后辈的行为和生活品质；甚至父祖辈太大的光环、太多的财富、太显的名声也可能使后辈或意志销蚀、好逸恶劳，或意气消沉、不思进取。所以，西方的一些亿万富豪在充分证明了自己的能力、取得了事业的成就之后，反而有一种散财之道，他们还是会努力给儿女最好的教育，但不是给他们留下最多的财富。或者说，体现在这种散财之道中的"德育"本身也是一种最好的教育，而这种"散财"，既是一种泽被广泛的公益事业，同时也是一种更有远见的"为儿孙造福"。

梁启超及家人在卧佛寺附近有一个幽静的墓地，我在那里盘桓的时候，曾深感做名人伟人的儿女虽然可能大都不易，但梁启超的九个儿女却都相当出色，在近代中国的名人伟人子女中总体来说大概是最有出息的。有人说，这是由于墓地的风水好。我却认为除了他们自己的努力，更多地还是和其先人的德祐而非葬地有关。

为什么忧伤？

年初，我搬到了圆明园东门外，与清华荷清苑只隔一条马路，于是常去清华园走走：走过了以朱自清《荷塘月色》一文著称的荷塘及自清亭——记得第一次读其名篇时，我还是"文革"时期的一名中学生，那时还不知道平淡的好处，而竟对此文大失所望；也走过了早期写诗并埋于故纸堆，后期则以激烈著称，与政治发生关涉，而竟遭暗杀的闻一多的纪念碑亭；还有同样早年埋于故纸堆，后来也和政治发生关涉，始则高位，后却自杀的吴晗的纪念碑亭。

这些纪念碑亭多是新修的，相当醒目，也标注在了清华校园的地图上。但我知道，我的踯躅，其实是暗暗地想寻找一块朴素的旧碑。这块旧碑，以前虽然也拜访过，现在却一时不易找到，又不想问人，只在内心默默地希望碰上。终于在一个薄暮时分，就在一块热闹地后面的僻静处，我又发现了它——清华大学于1928年6月初在王国维自沉一周年忌日（一说1929年）所立的"海宁王静安先生纪念碑"，碑文由陈寅恪撰写，林志钧书丹，马衡篆额，梁思成设计。碑铭结尾斑驳的几句是："呜呼！树兹石于讲舍，系哀思而不忘。表哲人之奇节，诉真宰之茫茫。来世不可知者也，先生之著述，或有时而不章；先生之学说，或有时而可商。惟此独立之精神，自由之思想，历千万祀，与天壤而同久，共三光而永光。"

陈寅恪悼念追思王国维的诗文不止一篇，而是写过多次。他先在1927年6月写有七律挽诗一首，开头两句是："敢将私谊哭斯人，文化神州丧一身。"继在《王观堂先生挽词》中写道："一死从容殉大伦，千秋怅望悲遗志。"并在"挽词序"中言："凡一种文化值衰落之时，为此文化所化之人，必感苦痛，其表现此文化之程量愈宏，则其所受之苦痛亦愈甚"，"盖今日之赤县神州值数千年未有之钜劫奇变；劫尽变穷，则此文化精神所凝聚之人，安得不与之共命而同尽"。又书挽联云："十七年家国久魂销，犹余剩水残山，留与累臣供一死；五千卷牙签新手触，待检玄文奇字，谬承遗命倍伤神。"

而在1934年的《王静安先生遗书序》中，陈寅恪又写道："寅恪以谓古今中外志士仁人，往往憔悴忧伤，继之以死。其所伤之事，所死之故，不止局于一时间一地域而已。盖别有超越时间地域之理性存焉。而此超越时间地域之理性，必非其同时间地域之众人所能共喻。"

陈寅恪所写的悼念追思王国维的文字，既可以说是惺惺相惜，又可以说是夫子自道。而在这些文字中，都透出一种深深的忧伤。

在陈寅恪那里，其实很早就已经有了一种忧思，还在他风华正茂的时候，在他于欧美访学的时候，他就谈到过今后士人将无去处，不如尽早觅一职业谋生，甚至不妨经商。然而，他回国还是赶上了一段优待士人的平和时光，尽管他在西方多年，并不在意拿回一个"博士"学位，但还是被清华聘请为国学院导师、教授。

当时的清华国学院不仅有一种深厚的研学风气，也还有一种精神。据其时在读的蓝孟博回忆："院中都以学问道义相期，故师弟之间，恩若骨肉，同门之谊，亲如手足"，又"皆酷爱中国历史文化，视同性命"。然而，在这精神的深处，的确又总有一种隐隐的、排遣不去的忧伤，尤其在几位导师那里。清华国学院其实仅持续了四五年，其盛期更短，却在中国现代文化史上留下了影响深远的感人一幕。那感人的绝不只是精湛的学识，更重要的是其中有一种燃烧的东西，哪怕只是深处的一点精神的爝焰，却构成了一种文化的精魂。而这爝焰又有深厚的文化学术的包裹，不是会很快燃尽的"一腔热情"。

在给王国维遗书所写的序中，陈寅恪既认为王氏所忧伤悴死的超越精神"必非其同时间地域之众人所能共喻"，又对未来的二三读者寄予了希望："其间傥亦有能读先生之书者乎？

如果有之，则其人于先生之书，钻味既深，神理相接，不但能想见先生之人，想见先生之世，或者更能心喻先生之奇哀遗恨于一时一地，彼此是非之表欤？"

是的，总是不敢奢望，总有一种忧伤。这不仅是对一种"文化所化之人"或者文化"托命之人"的人物的忧伤，而且是一种文化的忧伤；这又不仅是对一种即将衰落的文化的忧伤，而且是对整个文化精神的忧伤。更有进者，我们在耶稣被钉十字架前夜在橄榄园的情景中可以感到一种信仰精神的忧伤，在康德所说"有思想的人感到忧伤"中可以看到一种理性精神的忧伤。1600多年之后，帕斯卡尔深切地感受到了耶稣在橄榄园中的忧伤，他似乎听见耶稣在对他说："我在自己的忧伤中思念着你。"他于此写道："耶稣将会忧伤，一直到世界的终了。"

问题还在于：他们为什么忧伤？

鲁迅与耶稣

说起鲁迅与耶稣,两者的距离似乎相当遥远。耶稣是作为"上帝之子"来到人间,宣讲拯救的福音,主张宽容忍让的爱。而鲁迅是一个无神论者,对死后无所畏惧,决绝地说过"一个都不宽恕"。

但在一点上,两者可能相当接近。鲁迅在《野草》中有一篇《复仇(其二)》,直接描述了耶稣之死。他写道:

路人都辱骂他,祭司长和文士也戏弄他,和他同钉的两个强盗也讥诮他。

看哪,和他同钉的……

四面都是敌意,可悲悯的,可咒诅的。

他在手足的痛楚中,玩味着可怜的人们的钉杀神之子的悲哀和可咒诅的人们要钉杀神之子,而神之子就要被钉杀了的欢喜。突然间，碎骨的大痛楚透到心髓了，他即沉酣于大欢喜和大悲悯中。

鲁迅深深体会到耶稣的孤独，以及和大众的疏离。耶稣被抓后，众人都远离他，连他的门徒也不认他；是他的同胞，在祭司长等少数人的带领下，聚众逼着总督一定要判处他死刑；而最后，不仅是兵丁，连一起被处死的强盗也瞧不起他。

"四面都是敌意。"有时四面围着的倒也不是充满敌意的人群，而是"看客"。就在同一天（1924年12月20日）写的《复仇》一文中，鲁迅写到了想观看两个在旷野上就要杀戮或者拥抱的战士的群众：

路人们从四面奔来，密密层层地，如槐蚕爬上墙壁，如马蚁要扛鲞头。衣服都漂亮，手倒空的。然而从四面奔来，而且拼命地伸长颈子，要赏鉴这拥抱或杀戮。他们已经豫觉着事后自己的舌上的汗或血的鲜味。

对于精神界或行动界的少数天才来说，群众或敌对，或冷漠，而由于那敌对往往是被少数人挑动起来的，是并不一定持久的，所以归根结底还是冷漠，是"看客"。鲁迅费了很多气力来鞭答"看客"，他之所以弃医从文，据说就是看了一群中国人在自己的土地上冷漠地观看自己的同胞被外人处以死刑的"画片"，因此深受刺激而欲以文字唤醒大众。

自然，鲁迅的这种唤醒是在人间层面的，是服从一种改造国民性、创造新人的尘世逻辑的。而耶稣却是以彼岸为最终依归。然而，无论目标如何，精神界或观念界的少数，也许注定要永远处在如高尔基所说的"铁锤与铁"之间：上面是压制或打击他们的某些行动界的少数（常常是政治家或鼓动家）；下面是冷淡的并不理解他们的大众。更有甚者，则是两者的合力而击——由上层发动的汪洋大海般的群众运动。

这少数精神界前驱的"猛士"倘若得胜，一般也是在他们死了之后：或迟或早，通过赢得行动界的某些少数而最终赢得大众的膜拜。这是耶稣的命运，也是鲁迅的命运，是一切精神界的少数天才的命运，而这命运可能还是属于幸运的一类。

而从上面引述及其他无法在此述及的文字中，我们也隐隐看到，在鲁迅那里，有一种对自身乃至对一般的（包括他人的）痛苦的细细玩味乃至品尝。这也许使鲁迅达到了某种中国精神的最深处，但同时也可能意味着，他不仅和耶稣，也和大众有某种永远的距离。鲁迅对自身的精神痛苦能够有一种极大的承担，但大多数人的天性都是趋乐避苦的，乃至主要是追求物质的安适的，如何对待他们？是要求他们上升到和自己一样，还是像耶稣一样去俯就他们？

鲁迅的精神是相当深的，它足以使我们警惕一切伪快乐主义乃至节制真快乐主义。但"精神的深"还可以有另一种性质与维度，比如耶稣的精神、佛陀的精神，即在体会人间的痛苦中有一种对所有人的深深的悲悯，而由这悲悯中又产生出一种宽仁。即便是对那些犯罪的人们，他们也是"不知道他们所做的"，而每个人自身的灵魂也都有黑暗的阴影，这就使我们不敢轻易论断和否定他人。

1926年6月，鲁迅在为韦丛芜所译陀思妥耶夫斯基小说《穷人》所作的"小引"中，认为其作品"显示着灵魂的深，所以一读那作品，便令人发生精神底变化"。但他又说，"在甚深的灵魂中，无所谓'残酷'，更无所谓慈悲"。然而，在我看来，说在深刻的灵魂中没有什么"残酷"，也许是对的，因为它所映照的就是人性和人生的事实；而说也没有"慈悲"，却可能是不对的，因为深刻的灵魂还要求对这事实有一种恰当的精神态度。

鲁迅晚年，忆及自己年轻时候读的两部"伟大的文学者的作品"，又一次说"虽然敬服那作者，然而总不能爱的"：一是但丁《神曲》的《炼狱》，还一个就是陀思妥耶夫斯基的作品。但也许正"因为伟大的缘故"，"却常常想废书不观"。在他看来："作为中国的读者的我，却还不能熟悉陀思妥耶夫斯基式的忍从——对于横逆之来的真正的忍从。在中国，没有俄国的基督。"那么，今天的中国人是否能一窥这样的精神之深呢？

纯真年代的纯真心灵

五四前后的数年间,是中国少有的一个"纯真年代"。这一"纯真年代"主要表现于活跃在这个年代里的少男少女们:他们真挚单纯,富于热情和理想主义;他们对民初似乎又要坠入"老套"的政治感到非常失望,但对未来充满着憧憬和希望;他们不愿生活在家族的荫庇之下,不愿和老派的政治人物和社会名流发生关系,而是要自己结成青春的团体;他们想斩断纵的联系,却要扩大横的联系;他们不愿回首民族的过去,却要面向世界和人类,甚至他们在不同程度上都属于国际主义者;他们极其渴望新知,也极其渴望友谊;他们不计功利,不谋一己之前途,身无分文,却试图改造中国与世界;他们丢弃了许多传统的理念,却没有失去理想,甚至对理想的追求更加强烈和执着;他们沐浴着域外各方吹来的各种新鲜强劲的风,试图和一切因袭的甚至只是有染于传统的东西决裂,开始自己新的生活,创造新的中国。而那时的社会还相当自由，也相对和平，还没有血与火的殊死斗争，也没有民族抗战的烽火四起，一切都还未定，都还有选择的机会，都还有尝试的余地。

当时的中国一下涌现出许多社团学会。比如湖南的新民学会，就聚集了一批"恰同学少年，风华正茂"的年轻人。但它们大多还是地域性组织，而少年中国学会却正如吴小龙的研究所介绍的，是五四时期人数最多、影响最大、分布最广、时间最长的一个全国性青年社团，几乎聚集了各地、各青年社团的精英分子。它筹组于五四前一年，发起人是王光祈、曾琦、李大钊、周太玄、陈愚、张梦九、雷宝菁七人。在它的会员中，有后来成为著名共产党人的恽代英、邓中夏、毛泽东、杨贤江、沈泽民、高君宇、刘仁静、周佛海、赵世炎、张闻天、黄日葵，成为青年党的左舜生、李璜、余家菊、陈启天，以及文化艺术界的杨钟健、舒新城、朱自清、宗白华、田汉、张申府、许德珩、易君左、郑伯奇、李初梨、李劼人、方东美、周炳琳、康白情、恽震等，甚至还有40年代的中国船王卢作孚。少年中国学会的同人们渴望实践自己纯洁生活的理想，而且是合力实行。他们相约，凡加入少年中国学会的会友，一律不得参加彼时污浊的政治，不请谒当道，不依附官僚，不利用已成势力，不寄望过去人物。学会的信条是：一、奋斗；二、实践；三、坚忍；四、俭朴。

而王光祈（1892—1936）可以说是这个学会的"主要创始人"，

也是其"灵魂"。他"性格高超纯洁,其律己之严同人中无有出其右者"(方东美语),"这个学会若没有光祈,便没有灵魂"(周无语)。他以自己的道德人格、组织才能和献身精神成为少年中国学会的精神领袖。在学会的早期,他几乎是独力支持,把"所有光阴,皆消磨于会内外同志通讯之中……每日必通讯数次,每次必数千言,反复讨论,不厌其详"。他把学会当作自己的事业乃至生命,完全投身进来,担负繁重的会务工作,为此不惜荒废学业,也耽搁了自己出国求学的行程。学会后期事务的主要负责人左舜生说:"从民七到民九的年底,这两年多的少中会务,可以说由王光祈一人主办,(他)办事负责而有条理,待朋友充满热情,求知甚切,表现力也很强,……(他出国后)虽说我后来有十三年不曾和他见面,但我却没有一个时候不受他的精神支配。"

1920年4月1日,王光祈终于前往德国留学,先是学政治经济学,后改学音乐。独处异邦,音乐也许是最好的一种抚慰,也是"最无罪的一种享受"。而王光祈还试图通过音乐来促进中西交流,唤醒国人灵魂。这时他对中国传统礼乐文化也有了更深的认识。他出身诗宦世家,国学根底和艺术气质本来就好,又有了和西方文化的比照。他在一首诗中写道:"处世治心惟礼乐,中华民族旧文明。而今举世方酣睡,独上昆仑发巨声。"他又在《中西乐制之研究》中表示:"吾将登昆仑之巅,吹黄钟之律,使中国人固有之音乐血液,重新沸腾。吾将使吾日夜梦想之'少年中国'灿然涌现于吾人之前,因此之故,慨然有志于音乐之业。"

1932年11月,王光祈任波恩大学东方学院文艺讲师。1934年,他以《论中国古典歌剧》一文,荣获音乐博士学位。他并不像其他同学那样申请了庚款,而是勤工俭学完成了学业,他的留学费用完全自理。他不在意是否风光,而是投入了沉潜的奴隶般的劳作。他不像政治家那样对社会有直接和轰动的影响,也不像国内的学者和艺术家那样引人注目,但他尽了他的本分,给世人留下了多种著作。在向国人介绍西方音乐的方面有:《德国人的音乐生活》、《德国音乐教育》、《欧洲音乐进化论》、《西洋音乐与诗歌》、《西洋音乐与戏剧》、《德国国民学校与唱歌》、《西洋乐器提要》、《西洋制谱学提要》、《音学》、《对谱音乐》、《西洋名曲解说》和《西洋音乐史纲要》等。在研究中国音乐或比较中西音乐的方面有:《东西乐制之研究》、《中国乐制发微》、《中西音乐之异同》、《东方民族之音乐》、《各国国歌评述》、《翻译琴谱之研究》、《中国诗词曲之轻重律》和《中国音乐史》等。他还写了不少向西方各国介绍中国音乐的文章,其中包括为1929年版的《不列颠百科全书》和《意大利百科全书》撰写的"中国音乐"专稿。1936年1月12日,王光祈在图书馆工作时突发脑溢血病逝于波恩,年仅44岁。

就像一个少年一定会长大一样,一个"纯真年代"是否也注定会是短暂的?或者说,拒绝自身的文化传承会使其更加单纯，但也更加短暂？可是，无论怎样，这个年代仍有它独特的价值。而从心灵层面说，这个年代的一些纯真灵魂就更有其永久的意义。

在新起的政党面前，少年中国学会1925年就解体了，会员们也迅速分化了，有些还站到了相互敌对的政治阵营。一些年轻人迅速变得精明、世俗、冷漠、犬儒，有的甚至变得冷酷、多疑、铁血和残忍。而王光祈却是永存赤子之心的一个，甚至可以说，他永远地定格为这个短暂的"纯真年代"最为单纯且永葆个人纯真的人格象征，是少年中国学会的"永远的少年"。

新生活的试验

在五四新文化运动之后，大规模的政党革命之前，中国社会最有活力的一个层面——我们姑且称之为"少年中国"——有一个短暂的尝试"新团体生活"的时期。这一新生活群体的特点是，大都由心灵被唤醒的年轻人参与，和传统有一种决裂；它们游离在政治甚至社会体制之外，虽然最后的理想恰恰是要达到一个新的美好的大同社会；它们也大都想实行一种财产的共有，其成员既劳力也劳心，由此试图创造一种新的人格和新的生活。但这时的组织并不严密，纪律也无强制性，所有成员相当平等，可以自由结合，自愿加入和退出；这些团体虽然疾恶旧势力，但也没有特意与社会或政治的哪一个阶层或哪一种力量对峙和斗争，它们更强调和平与互助，更多的是想自己率先探索和示范。

然而，20世纪20年代初中国年轻人对"新生活共同体"的这些试验大都很快以解体而告终，运动不久也就烟消云散了。为什么会如此？当时得出了怎样的教训？我们不妨来观察一下当时最引人注目的一个试验团体——主要由少年中国学会倡导和组织的工读互助团第一组——的聚散。

先是左舜生在1919年7月的《时事新报》发表了《小组织的提倡》一文，希望建立一种财产共有的"学术、事业、生活的共同集合体"。王光祈热烈响应，更宣称工读互助团是"新社会的胎儿"，是走向"人人作工、人人读书、各尽所能、各取所需"的理想社会的"第一步"。蔡元培也赞扬说工读互助团的"宗旨和组织法，都非常质实"。于是，很快就募集了1000元开办费，陈独秀、胡适、李大钊等都捐了款并予协助。

据《国家历史》杂志主笔丁三的文章介绍，1920年初，工读互助团第一组正式成立，开始宣布有15人，但很快就有两人退出。也许这两人起初只是追慕时尚甚至好奇而报名，一看要真的吃苦劳作，则还是不敢进入。顺便说，当时热心的倡导者和参与者基本上来自衣食无忧、不必劳动的家庭的子弟，他们多不是因承受经济压力而无法求学，而是为了一种新的团体生活的理想而来。但第一组很快还是遇到了风波：《工读互助团简章》明文规定各人劳动收入归公，可是，入团之后，一些成员收到的家里的汇款该不该归公呢？争论的结果，大部分成员决议归公，而主张与此不合、自愿退团者也有5人。由此又引发"脱离家庭"风波，为此退团者又有3人。这样前后就有10

人退团了，但另有6人相继加入，总计还有11人。

这时，这个小团体通过自由自愿的筛选，思想上终于达到了一种相当的一致。一个异常激进、近乎"全体一致"的团体形成了。当时的参与者施存统后来回忆："这几个问题解决后，精神上很有几天愉快。我们那时以为，我们的无政府、无强权、无法律、无宗教、无家庭、无婚姻的理想社会，在团里总算实现一部分了，所以精神上非常快乐。"

然而，新的阴影很快又出现了。这次出现的是感情问题：易群先是国会议员易霙龙之女，因反对父亲的婚姻安排，出走北京参加工读互助团。她漂亮、活泼、大胆，"差不多每个团员都喜欢她"。这一天，易群先告诉施存统，她与何孟雄自由恋爱了。施存统对此倒是"又惊又喜"。但几天后，几名成员连夜开会，以妒怒交加的态度逼迫何孟雄承认错误；一怒之下，易群先远走天津。这么一来，事情愈演愈烈，那几名成员决议驱逐何孟雄、施存统等。这样，原来的"齐"又变成"不齐"了。而感情，尤其是两性之间的爱情，看来比思想还要难于通融，在这个问题上如何达成统一？

而一直存在的还有经济问题。经济的确还是某种基础性的东西，经济状况不好，且不说腾不出时间来兼顾读书求学，甚至连自食其力、养活自己都有困难。在经济上，应该说第一组一开始还是得天独厚的，它支取了开办费523元大洋，有电影、洗衣、印刷、食堂、英算专修馆五方面的营业。但是，在北京各高校放电影，开始学生们还捧场，后来就难以为继了。洗衣服收不上衣物，就出钱请工友去收，反被工友利用来作为向洗衣局要求涨钱的砝码。办食堂决策有误，经营不善，后来连工作人员的饭都没得吃。石印也不来钱。倒是和今天家教相似的英算馆相对挣钱，但也不足以维持全组生计。1920年3月23日，在"万难支持"、无以为继的情况下，工读互助团第一组解散了，只维持了两个多月。

那么，工读互助团第一小组的失败到底是什么原因？可以引出什么样的教训？胡适比较实际，他批评工读互助运动"名实不符"，有"工"无"读"。其实应该像美国数万名早就在工读的年轻人一样，把"靠自己的工作去换一点教育经费"看作"是一件极平常的事"。当然，这就是"自助"而非"互助"了。胡适还批评他们：不要"对于家庭、婚姻、男女、财产等等绝大问题"都预先有一个"武断的解决"。

而戴季陶、施存统等则得出了靠个别团体来试验新生活不可行，必须彻底改造整个资本社会的结论。而这看来很快就成为主流的意见。施存统说："从这一次的工读互助团的试验，我们可以得着二个很大的教训……（一）要改造社会，须从根本上谋全体的改造，枝枝叶叶地一部分的改造是不中用的。（二）社会没有根本改造以前，不能试验新生活。不论工读互助团和新村。""如果要免除这些试验新生活的障碍……惟有合全人类同起革命之一法！"

今天看来，从可行性上说，胡适的青年打工助学以求自立的建议自然最为可行，其风在美国依然盛行，在中国也还是值得提倡的。但胡适可能低估了当时理想主义的意义，而且当时必须有一个释放的渠道，以及一个社会总是会有一部分人对共同体生活有一种比其他人更深的渴望。从理想性来说，施存统等自然期望更高，但全盘和彻底地变革社会，也意味着要从一个毕竟还是平等自由、自觉自愿基础上的和平的团体生活试验，转向一种必然诉诸暴力、强制、权威乃至全面专政的政治和社会革命。

也许，还是王光祈的看法比较折中，或者说是"就事论事"。他认为主要还"是人的问题，不是经济的问题"，例如人浮于事、浪费较多、经营不善、感情不融洽、"互相怀疑"、精神涣散、一些人"不肯努力作工"、一些人不了解工读互助团"深厚远大的意思"，并反思了自己当日过于急躁、准备不足的责任。当然，这类"人的问题"或可更深地追溯到人性上去。正是人性对我们的行动构成了某种限制，但也提供了某种可能性。人们还是可以或自己或自愿结成某种团体，尝试一种新的、触及心灵乃至带来灵魂新生的生活，只是这也许需要更坚毅的准备和更坚忍的努力。

墓与幕

我把中国 20 世纪主干的历史称作一个激烈过渡性的"动员时代",所以,一直非常关注对各种社会政治运动的研究。为此,前几年还专门去了中国现代农民运动的发源地——浙江萧山的衙前镇,参观了当地农民运动的纪念馆和一些遗址,并请当年瘐死狱中的农民协会领导人李成虎的后人(纪念馆馆长)带我到后山,拨开深深的荆棘茅草,去看了发动和领导这场运动的沈定一的残墓。

首先的感觉是不胜唏嘘:沈定一,这位当年当地最显赫的望族子弟,其人也是民初风云人物,富有激情、思想、表述和行动能力俱佳,最后的命运竟会如此——1928 年 8 月 28 日在返回家乡的路上被枪击身亡。他的家人渐渐流散,家族日益衰败,其墓地也屡遭劫难,先是在"文革"中被炸,最近又在商业开发中彻底被毁。现在知道他的人已经很少了,而他却曾经是日后中国最大的两个新型政党——共产党和国民党——的发起人之一。

作为前清士绅，沈定一还曾在云南担任过知县，但是暗中积极支持孙中山的革命。辛亥后他在政治和文化上也一直很活跃。1920年5月他与陈独秀等在上海发起组织"马克思主义研究会"，1920年8月成立上海共产主义小组，成为中国共产党正式诞生之前的"中共党员"。但不久就因为对农民问题意见不一，和陈独秀产生分歧。因为当时的主义只认机器工人为无产阶级，而把农民当作小资产阶级；沈却认为中国工人不多，农民在国民中实占最大多数，中国的社会革命应该特别注意农民运动。

沈定一且为此身体力行。1921年4月，他即回家乡萧山开展农民运动，并为此动用了他已经取得的在政治和社会地位上的巨大影响力，以及个人关系和家族财力。他首先筹办了衙前小学，带来了像诗人刘大白、宣中华、徐白民、唐公宪、杨之华等知识分子做教师。这所小学以一副朴实的对联至今感动着许多人，那副对联是"小孩子的乐园，乡下人的学府"，横批是"世界上一个小小的学校"。

然后，他又运用个人的社会关系网络，以及富有感染力的演说等宣传手段，发动和组织农民成立了衙前农民协会，开展了对地主抗租减租的斗争。而且他从自己做起，对自身开刀，首先从自家开始对农民减租。沈定一不准家里用人叫他"三老爷"，而是让他们直接叫他的名字。他甚至想出办法，让他的用人们罢工，而叫他们家里的少奶奶、小姐们亲自洗衣服、挑水。通过这种种行动，他想尽量在农民心目中树立一个并非高高在上的老爷形象，让他们感到自己是和他们一样的朴实的劳动者和普通的平民。当然，实际上农民肯定还是认为他和他们不一样，把他看作高高在上的精英。而吊诡的却在于，这场致力于平等的运动，恰恰是依靠这种实际上悬殊的差别，才获得了如此大的动员力。衙前农运在几个月里一度声势浩大，一些农民还痛打了不肯减租的地主。但面对多少年来形成的强有力的地方权威和权力机制，不久它还是失败了。而不管这场运动当时的成败如何，我们完全可以这样说：没有沈定一，就不会有衙前农运。

然而，在墓地封存了一个人之后，还有多少关于他的记忆和叙述会被遮掩甚至扭曲？我当年站在那时还未被毁的沈定一墓的残迹前，的确有一种强烈的世事沧桑感。动员者已经被淡化乃至遗忘，而被动员者站到前台成了主角。这就是家族与个人白云苍狗般的兴衰，而这种兴衰在20世纪又注定要和天下的兴亡、政治的变幻紧密相连。

当年农民的减租斗争很快就失败了，而沈定一也"进城"了。他还是浙江省的议长，但是，那些被发动起来的农民的命运呢？那些死去或因此而遭受迫害的人的结局呢？那些在斗争中结下各种仇怨的人的日后生活呢？但是不是被动员者还是会感激动员者，因为这毕竟向他们提供了一种新生活的可能性，也提供了展示自己某些特殊才能的机会？而从更大的范围来说，渴望摆脱穷困的农民什么时候才能真正达到他们的目的？也许只是到接近世纪末的时候，有赖于以经济为中心的政策和市场体制的建立，中国包括农村地区才迅速地富裕起来，中国人"富强"的百年梦想正首先在经济上得以实现。但是否可以像黄仁宇说的那样，前面的流血斗争仍然有一种重要的、不可替代的意义，是一个不可逾越的阶段？

　　我走了，走之前在衙前镇政府门前拍了一张照片，有几套班子（党委、政府、人大、人武部）的牌子挂在大门口，却不会再有"农民协会"的牌子了。

有志者，事未成

上文我讲到的沈定一，在20世纪早期的中国社会革命中对农民和农运极为重视。他除了组织和发动中国第一次现代意义上的农运——衙前农民抗租减租斗争之外，后来还组织过一次现代意义上最早的乡镇自治——东乡自治。他在1921年夏对农民发表的白话演讲中，一开始就提出谁是你们的敌人、谁是你们的朋友，认为最终的世界将是劳动者的世界。

就沈定一的个人气质而言，可谓是一种浪漫诗人和极具动员力与组织力的政治家的结合。沈定一使用的语言极有煽动力，简明、清新、直指要害，不怕反复强调，善用俗语、故事说理。他不仅写诗，而且写白话新诗。在他那里，有一种行动和思想的结合，而这种思想也常常深入至人生意义，而非仅在社会政治的层面。

但他却是一个失败者。这问题是出在国民党，还是在他自己?或者就是时代情势和个人命运交互作用(包括各种偶然性汇入其中)的结果?而后面的东西往往决定着前面的东西,历史一般是由胜利的一边来书写的。于是,我们的"现在"就常常要由现在不可测知的"未来"来界定。当然,会有不同的时段。十年后的"论定"有时又会被百年后的"论定"推翻,而百年后的"定论"用千年的眼光看又可能会有变化,于是或就有重新的界定。

对于行动领域的人来说,没有做成的事情就是没有做成。他如果没有留下多少思想文化的材料,甚至很快就会被历史忘记。但对于后来的思想者来说,却不妨有一种钩沉拾逸的思考。

迟至1919年,沈定一还像是一个自我主义者。他在当年9月的一篇文章中写道:"最靠得住的只是一个我。"但是,虽然是从"我"立论,以"我"为中心,他却也关注"非我"的"我",他人的"我",认为"不是说只有我便把一切都抛弃了……我顾我,就能永远不顾人不靠人么?也不是的!我靠人的也顾人的,两相是照顾和依靠的"。

其中"靠人"是事实,"顾人"是态度。我们均生活在一个"互为主体"也"互为客体"的世界,生活在一个互相联系甚至是互相依赖的世界,所以,我们的行为态度也应做相应的调整(这也是从事实引出价值?)。既然需要"靠人",也就需要"顾人"。改造的方向大概是认识人互相依赖的事实,摈弃一种完全自我主义的态度,而确定一种也须顾及他人的态度。

他继续写道:"若全世界的一切我,个个自己做起来。就客观说:'各尽所能,各取所需。'就主观说:'我尽我能,我取所需。'世界无论什么样的变动,无非弯曲曲向着均等的'尽能'、'取需'那条路上走讨生活。"这里"均等的"这一定语十分重要,如果坚持这一观点,这样的人甚至就有点像自由主义的自我主义者了,因为别人想实现的"能"和"需"可能是和你不一样的,但他和你如果有同等的权利,就限定了你不能用强制的方式去改造他人。

人当然是需要调整自己的行为,甚至改造自己的心智以适应他人和社会的。而如果在这方面肯定平等的原则,那任何一个人都不能为所欲为,都需要自制,都需要改造或调整自己。看来沈定一也清楚地意识到了这一点,他说:"我与他是你的环象,我与你是他的环象。""要改造环象,就要改造我的我、你的我、他的我。"但这里是各自改造、自我改造,而非群体的、强制的、目标统一的改造:"我改造我的我,你改造你的我,他改造他的我。各求各的师,各却各的敌。"

也许就停留在这些观念上了?这也可以是一种坚定的立场。但这些观念在沈定一那里并不是很稳固,或者说他追求一种更高的希望、一种更大的光明,而又不甚考虑"可欲"与"可行"的区分。

他在当年 11 月发表的一篇文章的"他就是你,你就是我"

的一部分里,回忆起在云南做知县时的一次打猎经历:他夜里迷路而入一荒芜古庙,看到许多狰狞的塑像,开始觉得恐怖,后来设想他们都是朋友亲戚,反而觉得亲热了。由回忆这个故事,他得出了几点结论:第一,没有穷人,便没有富人(这意思或是指穷人劳力而创造了财富);第二,没有你我他,就没有穷富(这意思或指需要消灭私有制度);第三,凡在天下的你我他都可以当作一个人,团成一个"爱"(一个美好的大同世界的理想)。他对自己的生活时有一种深深的负疚感,觉得自己是被别人养活的。的确,大致正是在五四那个时代,体力劳动开始被认为是财富的几乎唯一的来源,体力劳动者被认为是财富的唯一创造者,并且劳力者的道德高于劳心者。

"心有戚戚焉"的沈定一在《海边游泳》一诗中写道:

> 赤裸裸的天,
> 赤裸裸的地,
> 赤裸裸的人。
> ……
> 何处藏身?
> 不必藏身,便是藏身;
> 藏身处,不知道是天是海,
> 只是光明。

他渴望光明,追求光明,但我们或也可借用他的诗句对他说:

你喜欢养活你理想上的性灵,

不喜欢看透骨的棘手的悲剧么?

世纪中的反省

中国 20 世纪的中叶,尤其是 40 年代,是一个内忧外患、风云激荡的年代,年轻的路翎在这期间写作和出版的 80 万字长篇小说《财主底儿女们》,我认为在思想和情感上抵达了当时中国人心灵的最深处。它通过苏州一个大家族的抗争和命运,深刻地表现了抗战初期中国人的精神状态。其中蒋捷三的次子蒋少祖更是小说的真正主人公,他是一个类似于陀思妥耶夫斯基《卡拉马佐夫兄弟》中伊凡似的人物,是一个极其专注和深刻的思考者、反省者和提问者。

蒋少祖曾经是激进的、叛逆的和行动的。他 16 岁便离家到上海,后又到日本读书。这个行动使他和父亲决裂——"在这样的时代,倔强的、被新的思想熏陶了的青年们是多么希望和父亲们决裂。"许多青年后来又消沉了、失败了或者牺牲了,而他却可能算是取得了众人眼中的成功,成为一个著名的国际问题专家和富有影响力的评论家。但他渐渐开始思考他行动的意义，思考他参与集体行动的各种结果，以及生命更广和更深的维度。他开始发问，开始反省。有一次，在写完一篇关于学生运动的文章后，他明显感觉到内心有一种对神秘事物的渴望；他觉得，目前的这些斗争，即使胜利了，也还是平凡的。这种神秘的渴望，在尝到了人世斗争的滋味后，重新燃烧在他心里了；它是多年来被人间的利害斗争压下去的。现在他的心灵渴望"独立和自由"。

当他看到年轻的弟弟蒋纯祖又在步他的后尘，要弃学奔往发生战事的上海时，他告诉弟弟要仔细考虑自己的行动，因为别人不能替他负责。他还问弟弟信仰什么，蒋纯祖"像一切一九三七年的青年一样"骄傲地回答："我信仰人民。"并且无比地满意这个词："人民"。

蒋少祖说："你应该首先懂得，然后再信仰。"而"人民是一个抽象的字眼。你要知道，假借人民底名义，各种势力在斗争，每一种势力都要吸收青年。各种人都要抓取你们青年，各种人都说人民"。

当然，这些话不会起什么作用，而蒋少祖也还是同意弟弟去上海。因为不仅年轻人要通过自己的经验去寻找真理，蒋少祖自己的思想也还是处在许多困惑和疑问之中，但关键的是，他已经知道自己发问，而不再受堂皇的字眼蒙蔽和禁锢。他的发问既指向时代、历史、民族与社会，也指向人类永恒的精神问题。他自问：社会革命究竟是什么？毁坏什么，又建设什么？把革命交给人民吗？人民是什么？无识的人们是否会懂得理想？或革命以后再启发理想？为什么不承认也有超历史的批评法则？假如迦太基战胜了罗马，人类会不会像今天这个样子？人类又会有怎样的理想？人民永远和权力不相容，不是服从就是反抗——于是永远循环，那么，我们的生命是不是虚无的玩笑？为什么要做一个现代人？为什么要做一个中国人？等等等等。

在埋葬了他的家族的忠实老仆冯家贵之后，他想：任何墓碑都不适于这个坟墓。"告诉斯巴达，我们睡在这里？"或者，"我们生活过，工作过，现在安息了！"又或者，"这里睡着的，是一个勤劳的人。"而这个时代的唯一错误，就在于忽略了无数的生命，在他们终结时找不到一个名称！这个人的一生，和我的一生，有什么不同？谁更有意义？谁是对的？而他已经不在了，他什么时候不在的？这一切从什么时候开始的？现在怎样了？他想着，突然觉得自己站在巨大的空虚中。

在以后的日子里，他越来越多地沉浸在一种反省之中。他自问："我为何如此匆忙？人世底一切究竟有什么意义？……没有人底心经历得像我这样多，我底过程是独特的，那一切我觉得是不平凡的；我有过快乐，我很有理由想，给我一个支点，我能够举起地球来——我曾经这样相信，现在也如此；谁都不能否认我在现代中国底地位，谁都不能否认我底奋斗，我底光辉的历史,但归根结底是,二十年来,我为了什么这样的匆忙?难道就为了这个么?我为什么不满足?为何如此匆忙?每天有这样的黄昏,这样的宁静而深远,那棵树永远那样站立着,直到它底死——我们底祖先是这样地生活了过来,我却为何这样无知,这样匆忙?为什么,我,这样急急地向——向我底坟墓奔去?……人世底一切究竟有什么意义?"

蒋少祖觉得,所有的人,尤其是他自己,对人生的那些最深切的感情应该含蓄而郑重。他是多么愿意他的弟弟不曾沾惹那些虚浮的观念!"一切死去的人,一切准备死去的人,在这个时代,请监视我,帮助我,原谅我!我从此开始,我底路程无穷的遥远!"他觉得生命有神秘的门,神秘的门常常打开,他听见了音乐。

这在当时的中国人中是一种罕见的反省,周围还在进行如火如荼的运动和斗争。它在世人看来显然是不合时宜的,乃至是"反动"和"落后"的,但它的"不合时宜"其实很可能恰恰不是落后于时代,而是超前于时代。蒋少祖的许多思考,到20世纪末风暴平息、尘埃落定之后,方才充分显现出它们的意义——也许我们还可以说——以及正确。

精神的后园

路翎作品的评论者尚少有人注意《财主底儿女们》中蒋家后花园的特殊意义。如作者所言，它"对于蒋家全族的人们是凄凉哀婉的存在，老旧的家庭底子孙们酷爱这种色调；以及在离开后，在进入别种生活后是回忆底神秘的泉源"。

然而，不仅如此，它往往还是最后的精神依归和安顿所在。路翎的外公家是苏州的豪富，他小时候在其中生活了几年。书中的描写一定带有他童年的深刻印象：后园大约半里见方，左右侧建有旧式的楼阁，这些楼宇的巨大的灰色圆柱、森严的廊道和气魄雄大的飞檐，使这个庄园成为苏州乃至中国最好的建筑之一。沿园墙往右走是一片高大的松树，松树间是荒芜的草地，并且有小的池塘。这里经常无人，老人只站在远处凝视它，这种凝视往往是悲凉静穆的。对于老年的蒋捷三的心，这片自然的、深邃阴凉的土地是一种必需。这片荒地加重了花园的神秘,而这对于感情细致的蒋家人来说是重要的。他们在这里感到自己还是世家子女。女孩子们回家来总设法尽快地跑进花园,有时她们带着笑跑进,而肃穆地止住,站在花香里流泪;有时她们庄严高贵地走进去,站在柳荫下,浮上梦幻的微笑。而每个人在这个后花园里都还有自己心爱的、对之一往情深、愿意悄悄待着的一块地方:大女儿蒋淑珍爱待在大金鱼缸旁,三女儿蒋淑媛爱待在葡萄架下,长子蒋蔚祖爱荷花池畔,而蒋少祖在他离家以前深爱着松林里的那个小池塘。各人有各人的原因,这些原因在他们自己则是"神秘而凄婉"的。

为什么在这种喜爱中总含有一种"凄婉"?因为它最美好的时代已经过去;因为它虽然还深具美感,却可能已经缺乏推动力;因为它和生命力的联系纽带已经被时代的浪潮冲击得摇摇欲坠。孩子们,尤其是男孩子们,长大了会急着想离开它,会觉得它阴暗、空洞和过于沉闷与安静。但在长久的流浪之后,却又可能渴望回到这里。这就是蒋少祖后来所感觉到的。

曾经反叛父亲而现在已经成为参议员的蒋少祖重新感激地记起来他是蒋捷三的儿子。激烈的时代在他心里已经过去,他恢复了对静穆的、悲沉的古代的癖好。幼时读过的诗书的记忆又浮进脑海,他感觉到古国的士大夫们的刚直而忠厚的灵魂,将在未来的风暴里支持着他的良心。他曾经沉湎西学,精神和知识的兴趣完全转向西方。他感动于西方普罗米修斯们慷慨激烈的呼号,他对中世纪的黑暗和文艺复兴的光明、对一切种类的主义都不缺乏知识。

但他渐渐地意识到，中国固有的文明的根基寂静而深远，是不容易被任何新的东西颠覆的。他开始重新回过头来读古书，做旧诗。在那些布满斑渍的、散发着酸湿气味的钦定本、摹殿本、宋本和明本里面，蒋少祖嗅到了人间最温柔、最迷人的气息，感到了这个民族顽强的生命，以及它的平静的、悠远的呼吸。于是，他想，中国的文化，必须是从中国生发出来的。这个民族生存了五千年，而且产生出许许多多无比优秀和独特的人物，这都不是偶然的。他并且认为，这不是简单的复古，而是五四精神更高的发扬，是学术思想的中国化。不懂得历史，不明白中国，不爱这个民族，也就不能真的创造新文化。

于是，在残酷的战火中，在一个刮着大风的春天的深夜里，蒋少祖怀念着苏州，觉得自己尊敬和爱他的亡父。只是到了那时，老人耿直的一生，才在这个曾经叛逆的儿子的心里光辉地显露出来。书本的气息使他想起了苏州的花园，那深夜里宁静的香气。于是，他不禁在心里对自己说："是啊，假如我已经懂得了宇宙底永恒的静穆和它底光华绚烂的繁衍，那么，唯求在将来能够回到故乡去，能够回到故乡去！"饱和的大风，在深沉的黑夜里强力而缓慢地吹着，蒋少祖高声地念着古诗。

如果在我们的心灵里有幸还保留着这样一个既是个人精神的又和民族文化的传统深深相连的"后园"，那可能也就是我们最后的家园，我们的心灵终于可以栖息在这里。或者我们的心灵依然会激动不安,我们还要往前走,但它至少始终是一种"后援"——我们的前面也许还是空无所有,但我们的后面不是。而对于今天如影随形地、长长地拖在我们后面的这一"传统"来说,有一个关键的课题是:它如何不仅是审美、伤感、缅怀、栖息和安顿的,同时也是激励、昂扬和驱动的。

老一代

对老一代人的心灵,其实我们很惭愧,我们很少理解,甚至很少试图去理解。我们觉得他们已经过时,已经不明事理,已经不知时代大势。我们不耐烦和他们商量决定家里的事情,甚至不耐烦多听他们说话,听他们唠叨往事,至多是宽容地一笑,然后就走开了。也许,要到我们自己也垂垂老矣,才能稍多地理解他们,不过那时他们多已离去。

这样的事情自然有不少是代代发生、代代如此的。不过,我们这里要说的是在这样一个巨变的时代、一个断裂和反叛的时代、一个追求不断超越和进步的时代里的新老交替。在这样的时代里,老一代不仅其暮年岁月本就是凄凉的,还常常在道德上被批判,被认为是保守的甚至老朽的。常听到的声音都是"救救孩子"、"理解孩子",而一说到"老一代",就已暗含贬义,至少有些不屑。老人们不仅在年龄上天然地处于弱势,精力大不如前，而且时代变化之快，他们已很难适应，也无法改弦更张，因为他们快走到生命的终点了。

20世纪的中国正是这样一个巨变的中国，尤其其中叶还内乱外患，饱受战争之苦。路翎的《财主底儿女们》就描述了这样一个时代的世代交替。路翎的母系曾是一个大家族，他自小就有一些直接的生活经验，又曾长期生活在苏州，其叙述无疑还糅合了另一些苏州大家族的故事。

小说中的"财主"也即"父亲"蒋捷三，是苏州头等的富人之一，其先曾是清末显赫的官僚。在传统的社会，官僚、学者和地主常常是三位一体的。而到了近代中国，尤其在江南一隅，其中的一些"三位一体"还可以再短暂地加上资产者。蒋捷三在京沪沿线有一份颇大的产业。据说他打过县官一个耳光，而且他打得对，这事使他在南京都有名。那时的退休大官或名门世家是有可能这样做的，打了也就打了，权力和权威并不都集中在现任官员那里。苏州的绅士们每年还都筹划冬赈，每个人都出钱，常常是由蒋捷三领导。

蒋捷三一生治家严谨、理财有方，但也疯狂过一次。几乎所有人在自己的一生中都有可能疯狂一次，最后的结果是幸运还是不幸，也许就看这件事发生在他的什么时候，他碰到的是什么对象，以及其他可能的偶然因素。他曾爱上过一个歌女，这个女子不美、势利，且多病，但痴狂无法遏止，他伴那个歌女住在苏州，把发妻送到南京。他不许别人轻视这个出身不洁的女子，竭力在家族中提高她的地位。但后来这件事很快就自行完结了。这个女子闹出了不名誉的行为，死在了苏州。她弄了很多钱，但一文也未带出去。蒋捷三后来想起这事都要战栗，他不能想象，假若痴狂真的使他损失了产业，他的儿女们以后要怎样生活。

蒋捷三晚年的精力全花在儿女们身上了，他教育他们，爱护和责罚他们。虽然他对小孩们极好，但他们对他还是感到畏惧。在孩子们看来，老人是一切森严骇人事物的神秘来源。其实，他最怕的正是他们怕他。后来儿女们的事，其实他已不再干预，但他的保守形象却似乎已经确定了——不仅是被他自己的行为确定，也被这个时代的思潮所确定。

老人依然健壮却孤独，对时代潮流有一种愤怒的隐忍。他只是常常在深夜走到后花园里去，园里有着宁静、寒冷的白光。蒋捷三走上假山石，仰头看星座。"四十年来家国——啊——三千里地山河！"蒋捷三大声唱，然后哭了起来。他有时也会发火。"谁的力量？中国这大的地方，这多人，几万年怎样活下来的？偏偏到你们手里！"他在晚婚的二女儿蒋淑华的婚礼上说，"我指望你们，你们都是干净清白的孩子，你们要小心。……过去的错处，你们推给我们，是可以的，但是未来的……那是你们自己。不过，这个话是和结婚不相干的，应该快乐的时候，你们就快乐吧。"他低声说，看着大家，然后严肃地鞠躬，走到旁边去。

他的长子优雅却文弱，次子聪明却反叛，而幼子看起来热情如火，却不惜在这种热情中烧毁自己。蒋捷三可能还是最爱他秀美、文弱的大儿子蒋蔚祖，但蒋蔚祖被操纵在貌美、好与人调情而又贪财的妻子金素痕的手里。在绝望的愤怒中，他一度关起了蒋蔚祖，并试图用他的方法打击金素痕。但他的头脑里没有法律，没有现代的政府，他也没有想到"某一个严厉的、冷酷的东西会比他走得更快"。最后他的斗争失败了，精神趋于崩溃的蒋蔚祖也逃跑了。他在大街小巷到处寻找儿子，直到半夜里惨白、冰冷地被警察送回家。当精神崩溃的游子终于回来，蒋捷三却在第二天黎明就逝世了。他的一句话或可视作他的遗言："啊，儿孙儿孙！全靠你们自己啊！能记着，你们就记着，安乐时记着灾难！"

儿女们是否理解他呢？的确，在某些特殊的时刻。晚婚的女儿在父亲厄难时仍然收到了他送的许多嫁妆，她啜泣了，因为这些箱子里的晶莹的东西正是她梦想留给她未来的孩子的，父亲是这样理解她，并且她啜泣，"因为过去的、黄金般的时代不可复返了，因为那个黄金时代是被各种错误和矫情损害了"。而昔日的"叛徒"、次子蒋少祖，也在回到苏州后的一个落雪的、寂寞的冬日里感到心的颤抖了。他觉得父亲的健康是显著地损毁了；在父亲愁惨的老年，儿女们都远离他，没有慰藉，但父亲仍然屹立着，表现出这样的冷静和智慧，并且关注着孩子们的天资和性格。"他是怀着怎样的心，企图把剩余的儿女们送到这个他已不能了解的世界上去搏斗！"

新女性

五四运动之后,社会上涌现出一批新女性,她们尝试着走出家庭,反叛家族安排给自己的命运。为此,她们往往离开家乡,到外地求学,寻找自己的事业和所爱。而时代很快又使她们不只追求个性的解放、个人的幸福,还加上了社会的重任、民族的使命。

我们在路翎的长篇小说《财主底儿女们》中就看到了这样一位新女性。如作者所述,王桂英和很多女子一样,是从小说和戏剧里认识这个时代的。她不满意自己的生活,因为她确信,只要能够脱离这种生活,她便可以得到悲伤的、热烈的、美丽的命运,像小说和戏剧里那些动人的主人公们一样,她将有勇敢的、凄凉的歌。一切平常的生活于她毫无意义,她不理解它们。她需要轰轰烈烈,需要过一种不平凡的、总在聚光灯下的生活。她曾经教过三年小学,生活平静而清淡。后来她觉得,这三年的生活是空虚可怕的，青春的年华不是常常有的。因此，她渴望试验自己的热情，为此不惜激烈斗争乃至付出性命。她并不追求金钱、显贵，并正是因此和哥哥闹翻。她毋宁说是追求才华、追求辉煌，甚至愿意为此牺牲，当然，不是那种平凡的、默默的、长期劳苦的牺牲，而是在众人注目中的壮烈的牺牲。

她是新女性。所谓"新"，就在于她和时代结合得如此紧密，她被时代所"动员"，她又是这个时代天生的弄潮儿和最为热情的"动员者"。不过，作为一个"女性"，她对时代的投入还是要和一个人结合在一起——她要通过爱一个人来爱这个时代。而在她年轻的视野中，最不凡的人物也许只有蒋少祖。她来到烽火连天的上海，偷偷与已是有妇之夫的他相爱，并生下了一个孩子。她的行为有很多可以让人理解和谅解之处，但有一点可能还是让人难以释怀，那就是她在一种压力之下杀死了自己的新生婴儿——如果这婴儿成了她自由的羁绊。虽然那同样是戏剧性的：在一次长长和深深的"吻"中，她使她的私生女儿窒息而死了。后来，她和一位善良、单纯并挚爱着她的叫夏陆的青年生活了一段时间。但是，可能即便是爱情，她也不愿意平淡。再后来，她去了电影公司，终于取得了万众瞩目的成功。

小说对她的与时代感应的心灵有一段生动的描写，那是在听到中国军队攻克真如的消息之后，她拉着蒋少祖来到了街上：

……挤在激动的人群里奔跑,王桂英有着狂热和矫情,觉得自己应该做一件惊人的事情。她要使所有的人看见她,崇拜她。……王桂英,陶醉在奇异的力量里,被这个力量支持着和诱惑着,突然地跳上了十字路口的岗位台。她战栗着,庄严地在岗位台上走了一步,明白了她是自由的。她做了一个动作——她掠头发,在那种肉体底特殊的快感里,感觉到这个自由是庄严而无限的。她明白了她底新的地位:她站在高处,群众在她底脚下仰面看着她。……王桂英看见下面有波涛和旋涡,……先前,她是被吞没在这些波涛和旋涡里面的,但现在,她成了这些波涛和旋涡底目标了。王桂英庄严地凝视着人群,举起手来。她底目光扫过人群。人群安静,她开始演说。"各位同胞,一切都摆在我们面前!生和死摆在我们面前!死里求生或者成为日本人底奴隶,要我们自己选择!"王桂英愤激地大声说,并且做手势,"我们失去了东北!我们底同胞妻离子散,家破人亡!"……"我说了什么?我还要怎样说?"她微弱地、温柔地想;从这个思想奇异地得到了慰藉。……"我们难道还能够苟且偷生,贪生怕死!"她大声说……"他们感动了,是的!"她微弱地想……"我们要组织起来,为了我们底祖先,为了我们底儿女,为了这一片土地,我们要求生,要反抗,要胜利!""是的,我说得多么好!"她想,甜蜜地流泪。人群里面爆发了强大的、激赏的喊声,大的波涛涌了起来。

她首先感动了自己,然后也感动了人群。我们在《青春之歌》中的林道静那里也看到过这样一个形象,但是,这样一种心灵活动是看不到的。即便在一种神圣庄严的投入中,她还是会时时想到自己。对个人形象的怜爱和对民族命运的关注、虚荣心理和正义冲动是如此紧密地结合在一起,难解难分。

的确,王桂英的性格和命运使我们想起一些人,想起许多向着"解放"的路上迅跑的人们。也许这就是人性,还有作为女性的人性,是人性之一种。

在那些激动人心的年代里,女性无论多么新潮、多么解放,无论来到了多么"明朗的天空"底下,也无论一度多么引人注目,她们的命运最后还是常常由她们的婚姻来决定。那些来到延安的女知识分子一个个嫁人了,而她们后来的命运往往就由她们嫁给什么人来决定。而即便是经过革命,这里还是"夫唱妇随",很少有"妇唱夫随"。丈夫显赫,妻子亦随之显赫;丈夫落魄,妻子也随之落魄——即便是"划清界限",也没有多大作用。王桂英自然没有达到显贵的地位,但有些东西似乎是相通的,比如在昆德拉最热衷的主题——政治和性方面。

折断的翅膀

路翎是中国很少的几个可以被直接称为"天才"的作家。鲁迅的文名容易为"斗士"、"旗手"、"主将"所掩,人们会说郭沫若"极其聪明"、钱锺书"聪明绝顶",这些都是指阅读他们的作品容易使我们产生的最初印象,而"天才"却是我阅读路翎的第一印象。

1997年,有两部研究路翎的著作问世,一部是刘挺生的《一个神秘的文学天才——路翎》,一部是朱衍青的《路翎:未完成的天才》,他们不约而同地都使用了"天才"一词。而且说其是"神秘的""天才",是"未完成的天才",也都深得要领,并可见作者之哀婉和痛惜之意。的确,对一个刚刚跳级到高二就退学,刚满18岁就写出了20万字的长篇小说《财主底儿子》,在这部稿子失落之后又用两年时间一边工作一边写作又完成了80多万字的中国"自新文学运动以来的、规模最宏大的、可以堂皇地冠之以史诗的名称的长篇小说"(胡风语)——《财主底儿女们》的人,是可以称之为"天才"的。

在完成这部巨著的时候,路翎才刚满21岁。而这期间,他还同时完成了《饥饿的郭素娥》等一大批中短篇小说。路翎的青春时期生活在一种激烈的暴风雨之中,这对他是幸运的,而这暴风雨的结果对他又是不幸的。他似乎预感到自己的命运,在努力抢救或延长自己的写作生涯。他似乎在和时代赛跑,27岁之前就完成了自己足以传世的作品。如此说他又是幸运的,再晚一些,如果他还没有完成这些作品,他就永远完不成了。

路翎是一个为写作而生、以写作为生命的人。他极其勤奋、专注和投入,甚至在蜜月刚过、爱人要走的时候,竟然叹了或者是舒了一口气,说"自己好久没写作了"。对这样一个天才,如果给其一定的物质条件——其实只需很少的一点,因为他对物质生活的要求极其简单,他也幸运地有了一位贤惠的妻子,再给他一些写作的闲暇和发表的空间,他将会创造出怎样的奇迹?然而,他却在27岁的时候就被束紧了翅膀,在33岁的时候就深陷囹圄长达20年。20世纪中叶的中国,目睹了它的一个优异的儿子、一个最伟大的创作天才的诞生和毁灭。正因如此,对其他一些作家,我们也许会佩服、崇敬、喜欢、热爱……而对路翎,人们却最容易产生一种"心疼"、"无比地心疼"的感情。

的确,路翎的命运让我感到无比心疼。我也许没有权利这样说。我也不知道这样说会不会让人误以为有一种优越感。路翎其实是我的前辈。然而，我说不出什么来，还是只想说出这个词：心疼，一种彻骨的心疼——这也许是因为我们这一代只是晚生了几十年而未遭到他那样的噩运；也许是因为我能感受到他的痛苦是多么巨大，最后的摧残又是多么致命和难以挽回。这种摧残是摧毁性的，它摧毁了本来将有的璀璨。

20年牢狱。没有任何罪，仅仅因为他的作品，仅仅因为他亲近能理解、鼓舞和提携他的人。20年不能写作。白天不能躺着，晚上睡觉也必须头朝着外面可以窥视的门。直到最后把他放出来，告诉他，你可以随便写了，你自由了，你解放了，但他这时已经不会写了，他不知道怎么写了。尽管他足够顽强和勇敢，但时间太久、打击太大，他已经伤到了骨子里。

陀思妥耶夫斯基从死刑中解脱到被流放至西伯利亚服役只有四年，且只有肉体的放逐和苦役，所以，陀思妥耶夫斯基还能够恢复，甚至翱翔于当时世界文学的巅峰之上。但路翎无法再恢复了，他内心深处永远处在恐惧和麻木之中了——多年后他在作协的会上紧张地说出一大堆"套话"来，然后舒了一口气，甚至有点顾盼自雄，也许想到自己已经过了"这一关"，现在就看你们的了。他麻木了，他的心已经死了。

他反抗过，以他的方式英雄般刚烈地反抗过，甚至在第一次被放出来以后还不断上诉。他最后的毁灭是在第二次入狱。人们尽可以说，他为什么会这样？为什么不换一种方式反抗？

不也有同样经历过如此长的牢狱之灾的人，后来还是恢复了创作能力吗？但这就是路翎。他太天真，也太认真。他无法接受自己的命运。所以，一段时间里他只是在狱中嚎叫，如山中要绝灭的野狼。

1955 年以后和他曾长期关在同一监狱的绿原回忆："每天二十四小时，除了睡眠、吃饭、大小便之外，其余时间都侧耳可闻他一直不停的、频率不变的长嚎；那是一种含蓄着无限悲愤的无言的嚎叫，乍听令人心惊胆战，听久了则让人几乎变成石头。"他因此屡遭殴打，但这并不能阻止他的嚎叫。金斯伯格的《嚎叫》一诗，极其敏感地预见到了诗人在这个时代易遭毁灭的命运，但西方诗人还是无法感同身受路翎真正的声嘶力竭的嚎叫，他们更多的是在一种时代的压力下自趋毁灭。

他在监狱的这 20 年里具体遇到了什么摧残和惩罚？他的心灵经历了怎样的变化？他不可能写出这一过程来了，甚至连他自己也忘记了。我们只知道，他进去的时候和出来的时候恍如两人，甚至连他的妻子也忘记了他的面容。这不仅是天才的毁灭，还是灵魂的毁灭和肉体的改观。如朋友所言，一生两世；或如妻子所言，一人两面。

我们只能大略地猜想，这 20 年，一个人心中要经历怎样持久的绝望和怎样深切的痛苦才能变成这样？而在被放出来以后到去世的又 20 年中，他的心里又想了些什么？有什么样的变化？那是比黑暗还黑的黑暗，是无法测究其底的黑暗，是无法再破晓的黑暗。也再无星星在夜空中如弹孔一般闪亮，至多偶尔有一些小流星一闪即逝。那往往表现在他出来后的少许诗作中，而他本来最拿手的长篇小说，虽然他还不断地写，写得比他入狱之前的字数还多，却不堪卒读。而他偶尔似乎也意识到这一点，偶尔也清醒过来，不断在页边写下痛骂的话语。如果有足够的时间，也许他还能恢复，但他已经老了。

他早期的作品表露的不仅是天才，我们还可以从他的写作感觉到他的天才是朝着一个多么好的方向。他有激情，又有温情；他构思宏大，又擅长处理细节。他还是一个如赤子般单纯的人。他不要求什么。他绝不算计。他的生活可以极其简单，只要能够让他写作。甚至他年轻时的相貌都是英俊的。这样的人，应当特别地去爱他，应当特别地去珍惜他。我们看着他的书信手迹，读着他的作品，想着写出如此娟秀的繁体字的人、写出如此细致敏感的作品的人，后来竟被看守人员随意殴打、侮辱——他们特地将拖把上的污水淌到他的馒头上再让他吃——就要不寒而栗。

路翎在以写作为自己的"存在"方面很有些像萨特。可是，这样两个人的命运多么悬殊，有如天壤之别。萨特反抗权力，批判政府，可是他因此得到了多大的尊荣。萨特能够仿照"我们从没有像沦陷时期那样自由"的逻辑说"从没有一个人像路翎那样自由"吗？他愿意为这种"最大的自由"和路翎交换命运吗？

一种心灵的痛苦事实上更早就开始了。路翎写的剧本总是通不过。第一个通不过，他已经写了第二个；而第二个刚送审，他又在写第三个了。那时他写了那么多拥抱新生活、歌颂新生活的剧本——这也是他的本职工作，他对工作从来是认真的——但一个也没有上演。新中国成立前，他在南京写了一个含有批判当局内容的剧本《云雀》，很快就上演了，而且就在当时首都的文化会堂。后来发动批判时，谁都知道他必须检讨了，但他还是认真地写了长文抗辩——又送上了一些可供批判的材料……

路翎是以写作为生命的人，反过来说也是一样，他也是以生命来写作的人。写作停止，对他来说也就是生命停止，所以，他不得不写。然而，即便他继续写，甚至写得更多，如果真正能使他的作品活着的生命没有了，使精神复燃的灵魂飞走了，他的作品也就失去了生命力。这当然不是死，肉体没有死，心灵有时还能从尘灰中冒出火花，甚至他有时"似乎像是要飞翔起来"，但最终还是没有飞翔起来，因为他的翅膀早已连根折断。那丢失的翅膀甚至都不知道到哪里去了，他再也找不回来了。

哲人剪影

政治的荆棘与哲学的冠冕

西塞罗（公元前106—前43）是一个政治家，又是一个哲学家。他的传世作品可分为四种：演说、书信、诗歌与专著。而专著又可分成修辞学、神学、认识论、政治学与伦理学五类。我对后两类著作最感兴趣，即政治学与伦理学。前者有两篇专论：《论共和国》和《论法律》；后者有《论善与恶的界限》、《图斯库卢姆谈话录》（论灵魂）、《论义务》、《论老年》、《论友谊》、《论安慰》、《荷尔滕西乌斯》诸篇。而在这一篇短文中，我想只说说我读这方面著作的一点感想。

政治在古希腊罗马人的生活中所占据的地位，远比在现代人的生活中所占据的地位更重要。有公民权的人们极其珍视参与政治的权利，这种权利就构成了他们权利的主体。其中的一些缘由，大致是那时的社会是建立在奴隶制的基础之上的，公民的人数较少，他们有充分的闲暇，也有迫切的必要从事政治；

他们也能感到自身的参与对国家确实起着重要的作用，尤其是对于某些具有政治智慧的人物来说，他们比较容易在这一较小的群体中展露才华，使自己得到较直接的了解和较公允的评价，他们因而也对这一紧密的政治共同体及其传统有着相当深厚的感情和责任感。这一切都使古代人比现代人具有更高的政治热情。所以，生活在那样一个时代的西塞罗认为"政治高于哲学"，也就不让人觉得奇怪了。

西塞罗视"政治高于哲学"，还因为在他看来，政治家能通过法律和政策比较迅速地影响大多数人，而哲学只能通过自身的言传身教及著书立说相当缓慢地影响少数人——影响少数潜在的、年轻的精英，这些精英中有些人或许以后能成为有力的政治家而再影响全社会。生活在现代社会的人们，当然可以感到哲学乃至其他未进入政治领域的思想学术的实力比古代更趋微弱和间接（也许在某些短暂的革命时期除外），甚至最看重思想的力量、认为思想比利益还要有力的凯恩斯，也认为思想主要是影响现在的年轻人，而很难影响现在的执政者，现在的执政者的观念主要是他们年轻时形成的。

这样就有了一个时间差。思想发挥效力不仅必须通过一定的时间，也常常需要人群和组织的中介，还可能需要某种机遇。甚至最重视哲学的实践性和改造功能的马克思，也没有在自己的有生之年看见声明以自己的学说为指南的人们成功地夺得政权。还有一些并非无力和无理的思想，却可能由于机遇不佳而注定是不结果实的花。就哲学与政治结合的有利条件而言，古代似乎胜过现代，而古代西方似乎又胜过古代中国——古希腊的梭伦还能为他的当世人立法，而孔子则只能"为后世立法"。

政治总是影响社会最直接和最有力的杠杆，这诱使一些心急的思想者总想马上把自己的想法和理念诉诸政治。但政治看来并不一定能像影响社会那样直接和有效地影响哲学。哲学有它自己的生长逻辑和季节，还常常要"得其人"方能酝酿成熟。哲学实际上只是少数人的事，即使在它要影响大多数人时也还是必须先通过少数人——少数接受了这种哲学的政治和行动精英。政治难以直接地影响哲学，还显示出哲学自身的独立性和坚定品格，这也是它的骄傲。此外，政治的领域固然荆棘重重、危险丛生，而要获得哲学的冠冕亦绝非易事，必有赖于某种巨大的天才和持久的努力。政治上要成功，固然需要一种披荆斩棘的勇敢和坚毅，而哲学的成就也需要一种筚路蓝缕和经常在孤独与寂寞中进行创造的功夫。

西塞罗乃至整个古罗马的政治哲学，从大范畴来说，并没有超出古希腊哲人所划定的范围，古罗马人更多的是做而不是说。西塞罗的《论共和国》与《论法律》显然也有仿效柏拉图的痕迹，但他仍不愧是古罗马政治智慧最伟大的言说者。西塞罗从统治者多寡的角度划分出三种主要的政体：君主制、贵族制与民主制，并认为这三种政体若单纯化均有其缺陷，而最糟的却是民主制，它容易蜕变为一种放纵无拘的群氓政府——当然，这种情况不会持久。这种政体又会循环到君主制和贵族制，而这两种政体也可能分别蜕变和败坏为暴君制和寡头制。

在西塞罗看来，较为可取的还是一种"混合政体"。他充分考虑了罗马共和国的长期经验，认为把以罗马执政官为代表的君主制、以元老院议会为代表的贵族制和以民众大会及平民保民官为代表的民主制结合起来的"混合政体"，最有可能平衡和持久。而且，一种较适合的"混合政体"不可能仅是一个人的单纯的理论创造，而应该是在很长的历史时期由人们不断提出观念、不断创制和改进而磨合出来的。

西塞罗身体力行了他的思想。他担任过财政官、市政官、裁判官和执政官，甚至一度被称为"国父"；在政治上失意时，他潜心著述，写了许多重要的著作；当罗马的共和制受到威胁时，他又起而抗争，最后被杀。古罗马不久就进入了帝制时期。然而，不论西塞罗的功业和德行如何，其立言已足以使之不朽。

第一次读柏克

写下这个题目,得稍微做一点解释,更确切地说,是第一次读柏克的书。国人闻柏克之名(Edmund Burke,1729—1797,或译"伯克")久矣,然而,往往只是以"保守"、"反动"视之,前两年域外有论者批判中国"全面的保守主义",却奇怪地以国人很少读过的柏克为主要靶子。也许是我孤陋寡闻,直到最近由何兆武先生翻译的《法国革命论》出版之前,我都没有见到过他的单本中文译著,只是见过收在西方美学文论集中的《对崇高观念和优美观念之起源的哲学研究》,以及新近才发表的蒋庆译出的"柏克论立法,谨慎"的片段文字。在21世纪的多次翻译热潮中,国人唯独冷落了柏克,这也许可以从某个侧面反映出我们的思想和精神状况。无论如何,在我看来,现在这本译著的问世,不仅为我们填补了一个翻译上的空白,而且弥补了我们思想视野上的一个重要缺憾。

《法国革命论》的主要部分写于1790年,本是柏克给法国人杜邦的长信,是对刚爆发不久的法国大革命(1789年)的直接思考和评论,同时也论及当时伦敦某些团体有关该事件的行动和态度。作者赞扬英国的"光荣革命",甚至在某种程度上也支持美国革命,反对英国对北美殖民地的压迫政策,却激烈地批评法国大革命的原则。作者说他热爱自由,但是爱"一种高尚的、有道德的、规矩的自由",他认为自由的前提是秩序,而不是砸烂文化传统和盲信抽象理性的重新设计。

柏克以英国为例,认为自由乃是我们得自祖辈的一项遗产,是在尊重传统的基础上通过渐进争取和改进得来的。它并不割断我们的亲情和信仰纽带。凡是从不向后回顾自己祖先的人,也不会向前瞻望子孙后代。而懂得守住那些真正有价值的东西的人,才真正懂得自由。自由也不是那种颠倒和改变事物自然秩序的一律平等。一切事情都应当开放,但并不是对每一个人都毫无区别。甚至从默默无闻的状况到声名显赫的道路也不应该太容易,即便有罕见的才能,也最好经过某种困难的磨炼和斗争的验证。他认为,人们在热衷于普遍权利理论的时候,不能全然忘记人性,忘记人的自然差别。

柏克当时就已预见到:1789年的法国大革命,作为一个事件,将以走向专制主义(拿破仑)而告终。但他也同样预感到由其代表的时代的总趋势却无可避免,预感到在人类的面前毕竟开启了一个新的时代。以下是曾被萨缪尔森引用在他著名的

《经济学》教科书开首的一段名言:"骑士的时代已经成为过去了。继之而来的是诡辩家、经济家和计算家的时代。"

我愿意接着引录柏克随后的一段话:

> 欧洲的光荣是永远消失了。我们永远、永远再也看不到那种对上级和对女性的慷慨的效忠、那种骄傲的驯服、那种庄严的服从、那种衷心的部曲关系——它们哪怕是在卑顺本身之中,也活生生地保持着一种崇高的自由精神。那种买不到的生命的优美、那种不计代价的保卫国家、那种对英勇的情操和英雄事业的培育,都已经消逝了!那种对原则的敏感、那种对荣誉的纯洁感——它感到任何一种玷污都是一种创伤,它激励着人们的英勇却平息了残暴;它把它所触及的一切东西都高贵化了,而且邪恶本身在它之下也由于失去了其全部的粗暴而失去了其自身的一半罪过——这一切都成为过去了。(见该书第101页)

柏克的话也许并不完全公允,因为我们从新时代也得到了一些我们想要得到和同样珍视的东西,新时代还有自己的光荣。有时候我们必须有所选择:有所得必有所失。有时候甚至还谈不上选择:你被卷入了一个势所必至的大潮。但无论如何,有些东西我们也许丢得太快了,而在这些我们唯恐弃之不及的东西中,却有一些今天的人们只有细心体会才能把握、深具魅力和美感的成分。

　　从上面这段话,我们也可以大致领略《法国革命论》的风格,这是一种富有感情、汪洋恣肆、雄辩滔滔的风格,加上《法国革命论》作为书信在结构上未分章节,又涉及一些当时的具体人物和事件,所以,甚至可以说这本书颇不好读。但是,我想我们费一点力气来读它还是很值得的,它不仅有助于我们思考革命事件的另一面,也有助于我们反省我们现在所生活的时代的另一面。

逝去的时代

在论及思想史的时候，有一点有时会被人忽略，那就是无论中西，传统社会与现代社会都是很不一样的社会，有些思想是没办法脱离社会环境来理解的，更不可能简单地照搬于现代。所以，罗素的《西方哲学史》虽然有些地方行文过于随意，但他特别注意思想与政治、社会环境的联系这一点，却很可补一些哲学史著作之不足。

比如，罗素在谈到亚里士多德时就颇着墨于亚氏思想与当时社会政治的关联。与黑格尔不一样，他说他愿意想象亚里士多德对亚历山大的影响几等于零，而亚历山大对于亚里士多德的影响也是很小的，亚里士多德对政治的思考竟至于轻易地遗漏了一个事实，即城邦的时代已经让位给帝国的时代了。

亚里士多德的《尼各马可伦理学》一书认为：人的灵魂里面有一种成分是理性的，有一种成分是非理性的。而人的非理性的部分又有两重，即在各种生物（包括植物）之中都可以发现的生长部分，与只存在于动物的嗜欲部分。理性灵魂的生活就在于沉思，这是人的完满的幸福，尽管并不能完全达到。而我们应当作为人，应当尽我们的力量使自己不朽，应当尽最大的努力依照我们生命中最美好的东西而生活，因为即使它在数量上很小，但它在力量和价值上却远远超过了一切事物。

而这种观点，在罗素看来，大体上代表了他那个时代受教育的、有阅历的人们的流行见解，投合了可尊敬的中年人的胃口，并且被他们用来——尤其是自17世纪以来——压抑青年们的热情与热诚。

而亚里士多德的这种推崇理性和精神不朽的伦理学观点不同于我们这个时代的地方，主要是在与贵族制的某种形式有关的地方。我们认为，凡是人，至少在伦理理论上，都有平等的权利，而正义就包含着平等；亚里士多德则认为正义包含着的并不是平等，而是正当的比例，它仅在某些时候才是平等。最高的德只能是少数人的，亚里士多德的这种观点在逻辑上是和他把伦理学附属于政治学的观点相联系的。如果目的是好的社会而非好的个人，那么好的社会可以是一个有隶属关系的社会。

而对于个人来说，幸福就在于有德的活动，完美的幸福就在于最好的活动，而最好的活动则是静观的。静观要比战争或政治或其他任何实际功业都更可贵，因为它可以使人悠闲，而悠闲对于幸福乃是最本质的东西。实践的德行仅能带来次等的幸福，而最高的幸福则存在于理性的运用。人不能完全是静观的，但就其是静观的而言，他是分享着神圣的生活的。因此，在一切人之中，哲学家的活动是最类似于神的，所以是最幸福的、最美好的。

所以，亚里士多德不仅对于奴隶制度，或者对于丈夫与父亲对妻子与孩子的优越地位，没有加以任何反驳，而且认为最好的东西本质上仅只是为着少数人的，亦即为着骄傲的人与哲学家的，因而大多数人主要只是产生少数统治者与圣贤的手段。

罗素据此指出：亚里士多德在他的《政治学》一书里的基本假设，与任何近代作家都大大不同。依亚氏看，国家的目的乃是造就有文化的君子，亦即把贵族精神与爱好学艺结合在一起的人。这种结合以其高度的完美形式存在于伯里克利时代的雅典，但不是存在于全民中，而只是存在于那些生活优裕的人们中间。到伯里克利的最后年代，它就开始解体了。没有文化的群众攻击伯里克利的朋友们，而他们也就不得不以阴谋、暗杀、非法的专制以及其他并不很君子的方法来保卫富人的特权。苏格拉底死后，雅典民主制的顽固性削弱了；雅典仍然是古代文化的中心，但是政治权力则转移到了另外的地方。

在整个古代的末期，权力和文化通常是分开的：权力掌握在粗暴的军人手里，文化则属于软弱无力的希腊人，并且常常还是奴隶们。在罗马光辉伟大的日子里只是部分如此，但是在西塞罗以前和马可·奥勒留以后则特别如此。到了野蛮人入侵以后,"君子们"成了北方的野蛮人,而文化人则是南方精细的教士们。这种情形多多少少一直持续到文艺复兴时代,到了文艺复兴,俗人才又开始掌握文化。文艺复兴以后,希腊人的由有文化的君子来执政的政治观日益流行起来,到18世纪达到了顶点。

但各种不同的力量终于结束了这种局面。首先是体现于法国大革命及其余波的民主制。伯里克利的时代以后,有文化的君子们就必须保卫自己的特权而反对群众。在这个过程之中,他们就不再成其为君子,也不再有文化。工业文明的兴起带来了一种与传统文化大为不同的科学技术,群众的教育也给了人们以阅读和写字的能力,但并没有给他们以文化。因此,好也罢,坏也罢,有文化的君子的日子是一去不复返了。

寒夜之思

最早使我注意到寒哲（James Hammond）的，是他前几年在《读书》杂志上发表的一篇文章：《衰微与复兴》。当时我感到好奇的是，作者作为一个美国人，似乎名不见经传，既非美国著名的中国学学者，更非名气超出专业领域的学术大家，关心的却是头等重要的有关文化的衰朽与复兴的问题；其论述的风格也和一般的专业学者颇为不同，是一种极其重视使人焦虑的真实思想和问题，而不拘泥于学术规范和行话，还带有一点随想性质的风格。但也正因如此，我想他大概也入不了美国学术的主流。

这次读到寒哲的随笔集《衰朽与复兴》，似乎验证了我的猜测，作者的主业是拉丁文教学和电脑咨询工作，看来他只是一个业余学者，或者更正确地说，是业余思想家、业余哲学家。当然，作者毕业于哈佛大学，这又保证其曾经受到过高水准的系统教育。

谈到"复兴",当然就意味着此前是一个"衰朽"期。作者认为,衰朽,或死的本能,在当今的大多数西方社会已达到极限。他就此对现代社会和现代人的生活方式展开了相当全面的批判,甚至包括对民主的批判。在他看来,现代社会存在同一性,即在无阶级性方面是无与伦比的。现代人再也无须克服生活的无聊,他自有消磨时间的办法,自有消磨一生的办法,他工作、挣钱、积累财富。现代人不满足于只挣够生活所需,他要挣得越多越好。现代人假装工作是件不得已的事,而实际上工作对他来说是何乐而不为,因为工作是现代人消磨时间的最佳方式。对现代人来说,工作可以打消或用有所成就的幻觉来代替他的无用感和空虚感。此外,工作还使他获得财富,并因而获得别人对他的尊敬和他的自尊。

而衰朽的一种最严重症状,当然就是文化的创造者和传承者也陷入衰朽,这集中表现于教育与学术方面。在印刷术发明之前,学生没有教材,所以,教授需要把要讲的内容读给学生听。"讲授"(lecture)这个词来自拉丁文"legere",意思是"朗读"。印刷术的发明使学生自己阅读成为可能,因此,"讲授"的理由便不存在了。那么,教授应该干什么呢?教授应该跟学生一样,集中精力于读书和研究经典;应该遵循叔本华的教诲,去阅读好作品,而不去撰写坏作品。现在的教授要么把时间花在阅读跟他们的专业有关的二流作品上,要么把时间花在撰写跟他们的专业有关的二流作品上。他们感到非写作不可。他们的口号是："要么出版，要么完蛋。"学术界把学术降低到了商品交换的水平。

文学也是一样。早先的作家似乎在写作时就坚信，自己的作品会经久不衰，后人会为它们树碑立传；当代作家则似乎在写作时就料到，自己的作品会先畅销一时，然后报废。早先的作家写一封信所付出的努力比我们现在写一本书所付出的努力还要大，他们的信比我们的书更接近文学；当代文学却正逐渐沦为新闻写作，正如当代教育正逐渐沦为职业教育一样。

然而，在作者看来，死的本能在当今的大多数西方社会已达到极限，现在，它将走向其反面，即生的本能。因此，多数西方社会现在正处于复兴的开端。他回顾历史，说古希腊历史上的复兴时代是埃斯库罗斯、索福克勒斯和修昔底德的时代，这三个人是狄俄尼索斯型的，是不拘于道德型、复兴型和生的本能的代表。古罗马是恺撒和奥古斯都的复兴时代，这个时代的代表人物是卢克莱修、维吉尔和贺拉斯。意大利文艺复兴的三位主要艺术家是米开朗琪罗、达·芬奇和提香，它还拥有一位复兴型作家马基雅维利。荷兰的文艺复兴是由弗美尔、伦勃朗和斯宾诺莎为代表的。法国文艺复兴的代表人物是蒙田和拉伯雷。莎士比亚和培根则是英国文艺复兴的代表人物。德国文艺复兴的三位主要人物是歌德、贝多芬和黑格尔。俄国复兴的代表人物有陀思妥耶夫斯基、托尔斯泰和柴可夫斯基。总之，近代从17世纪到20世纪的400年的周期是以一个复兴时代为开端的,这个复兴时代就是蒙田和莎士比亚的时代,这个时代延续了一代人之久。这个周期将以一个绝对的衰朽为终结,这个阶段将从大约20世纪的50年代延续到20世纪的90年代。然后,由于死的本能已达极限,生的本能将在这些国家再现。这是400年以来的第一次。这个生的本能将导致复兴,它的代表人物会出生在1900年到2000年之间。

正规专业学者是不会这样,尤其像最后一段这样论述问题的,但我们为什么不听一听一些状似奇特的思想和声音呢?而且,如果说世界对物质的热衷已如夏日的正午,对精神的冷淡则如冬夜,那么,在这样的时候,有这样的一些思想,犹如寒星,倒也是个安慰。

与真理为友

告别哈佛已经六年了,我仍怀念那一段读书时光。最近重读台湾学者黄进兴(笔名吴咏慧)的《哈佛琐记》,又勾起了我对往事的回忆。我那年到哈佛的时候正是9月,新英格兰的秋天色彩极其丰富和斑斓,一地美丽多姿的树叶让人流连而又不免感伤。然后是一个漫长的、"多雪的冬天",也许正因如此,春天的来临也就更加让人感觉温柔和惊喜。实在说,我那一年还是有些孤独和思乡的,但有一种味道,有一种气氛,却让我再难忘怀。有时我也不由得凝神暗想,哈佛最吸引我的究竟是什么呢?

《哈佛琐记》中写道,哈佛校旗以哈佛红为底色,中央印有盾形的黄色校徽,里边写着拉丁文"VERITAS"(中文可音译为"美丽踏实"),意谓"真理",这是哈佛唯一的校训。哈佛校徽制定于1643年,原来的格言如下:"让柏拉图与你为友,让亚里士多德与你为友,但是,更重要的是,让真理(VERITAS)与你为友。"(Amicus Plato, Amicus Aristotle, sed Magis Amica VERITAS.)在1978年哈佛大学颁赠给俄罗斯流亡作家索尔仁尼琴(Solzhenitsyn)荣誉博士学位的典礼上,索氏在致辞的开场白中说,哈佛的校训是"真理",而对真理的追求必须全神贯注,稍有疏忽即易迷失,而且真理通常无可避免地会惹人不悦。

真理也并不是要使人愉悦的。真理甚至常常使人苦恼,使别人苦恼,自己也苦恼,因为它常常意味着与习惯的生活轨迹或统治方式不合。与真理为友的人于是时常不得不与权力为敌,如果它越过自己的界限而变成一种肆虐的权力。这种对峙状态并不是他有意而为,更不是他乐意如此,但肆虐的权力却常常逼迫他必须在两者之间做出选择:要么放弃真理而服从权力,要么坚持真理而遭受迫害。

背负真理的人的担子因此常常是重的,一方面他感受到真理的"美丽"和确定无疑,另一方面他又必须是坚定"踏实"的,必须像马丁·路德所言:"我就站在这里","这就是我的立场"。

然而,看见真理的人还是快乐的,虽然他只要不离弃自己的同胞,就得像柏拉图的"洞穴寓言"所说,在看到阳光之后仍然回到黑魆魆的洞穴中去,回到以影子为真实的同伴那里去。告诉他们他所看到的真相,虽然他将为此付出代价,有时甚至是生命的代价,但那曾经瞥见过真理的人们,却往往再也不愿以任何东西来换走这种使他们不再安逸却弥足珍贵的滋味了。

最后想顺便提一下，有关哈佛的生活，还有一篇文字也很值得一读，那就是贺麟1929年的《哈佛日记》（收在湖南教育出版社1988年出版的《哈佛大学》一书中），在那里，我们同样感受到了一种对真理的渴望。例如，贺麟在5月30日的日记中写道："以后务须随时随地牺牲一切保持自己的内心自由和self-respect（自尊心），要无一时忘掉了以诚接物，更要无一时忘掉了求真理说真理的使命。"

心灵的伟大

——读《甘地自传》与《圣雄甘地》

吉辛说有一些值得为之早起而读的书,这样的书帮助我们忘却周围随处都有的无聊或恶意的闲谈,并且教我们对"有这样好的人在其中"的世界寄寓希望。《甘地自传》于我无疑就是这样一本书。并且,照孟子所言,人在夜里荡涤白日所为后静息下来的心灵,以及他在天刚亮时所接触到的平旦之气,都是清明的,那么,以一种清明如洗的心境去读一本书,不啻是给这本书一种应得的尊敬。反过来,这本书又助一个人开始新的一天,使他的清明之气在整个白昼的纷扰喧嚣中也许不会丧失太多。所以,甘地每日必早起赤足诵读《薄伽梵歌》,这种简单的日课其实极具深意。

《甘地自传》的风格朴素无华。这使我想到,如果作者到了毫不考虑文字、风格的时候,一定是他感觉最接近真理的时候。这时候他只是努力把这真理说出来,使这真理像对他呈现一样对我们呈现。我读托尔斯泰的《复活》时也有这种感觉，这位老人好像只是在说："人啊，我爱你们，你们怎么竟会不明白如此简单的真理呢？"

法国的拉皮埃尔与美国的柯林斯合著的《圣雄甘地》，则是截取了历史的一个横断面——印度独立时的重要人物和事件——来写甘地，它还生动地描写了印度总理尼赫鲁、印度最后一任副王蒙巴顿、巴基斯坦之父真纳等人的行为、性格，乃至刺杀甘地的凶手的身世和动机。其中写到的印度境内诸土邦王公的豪富与怪癖，印度教与伊斯兰教的历史冲突（这两种宗教都是外来的，而土生土长的佛教在印度却荡然无存！），伴随着印巴分治——可以说是世界历史上最大的一次财产和领土分割等，读来都饶有兴味。

书中有许多对于一般读者来说很新鲜的材料，比如在印度独立的一个半月中，竟有相当于法国在第二次世界大战期间死亡总数的人死去，并且有1000万人流离失所成为难民——这些事实都不太为我们普通人所知。读了书中有关印度独立时面临的烂摊子的描述，也会对印度人民今天取得的成就产生深刻的印象；而这些成就，过去我们常常很容易瞧不起。确实，应该想到，这世界上谁都不易。

这本书写得很吸引人，初看之下给人以文胜于质的印象，作者用的是文学笔法而非史笔。但这本书并不是虚构的文学作品，作者曾多次赴印度进行实地调查，4年行程25万公里，走访了许多当事人,查阅了大量历史文献。作者下笔也比较谨慎,虽然细心一点还是可以看出他们对其笔下人物的感情和褒贬,如对真纳的微词、对甘地某些行为的疑问等。而在我们看来,作者对蒙巴顿似有溢美之嫌——也许这种西方人的优越感,是作者本人不易觉察,而我们又特别敏感的。

当然,尽管许多人物、事件引人注目,但最重要的人始终是甘地,最打动我们心灵的也是甘地,并且是作为一个人的甘地,而非作为"印度之父"的甘地。历史事件在此主要还是作为背景起作用,所以,这本书写到甘地逝世就戛然而止了。国家会变化覆亡,民族的生存却久远得多,而人的生存则更为久远。于是,有一种精神的光辉会超越国界、超越时代、超越民族和宗教。

帕斯卡尔曾经讲到过三种伟大:一种是帝王、首领的伟大,一种是精神、理智的伟大,还有一种是仁爱、心灵的伟大。这三种伟大一个比一个高。后者比前者高,最后者最高。罗曼·罗兰也称颂过以思想和强力称雄的人,但他认为真正伟大的,是因心灵而伟大的人。

甘地其貌不扬,个子矮小,体重只有52公斤,身上总是缠着一块自己纺织而成的土布"拖地"。1931年,他就这样去见了英王兼印度皇帝;1947年,他也是这样去和印度副王进行了有关印度独立的谈判,当时的副王蒙巴顿打量着他,觉得"他简直像一只小鸟,一只蜷缩在沙发里的可怜小麻雀"——甘地看上去绝不像一只雄鹰。

甘地没有头衔，没有官职。英国人因他组织战时救护队而发给他的勋章，他早就退回去了。他曾参加并领导过印度国大党，但在1934年，他65岁时，就宣布从国大党退休了，以专心致力于脚踏实地的社会改革工作。他鄙视权力和荣誉，关心的只是他应当做的事情：争取印度独立，进行社会改革，促进印穆团结，取消对贱民阶层的歧视，及至宣传不随地吐痰和大小便等，并且能把小事做得和大事一样认真。他在南非当律师时曾有一年5000英镑的可观收入，但后来他几乎一无所有，全部财产仅仅是一部《薄伽梵歌》、一套白铁餐具、一尊象征教祖的三只猴子的小雕像，和一只用细绳系在腰部的价值8000先令的英格索尔老怀表。

甘地也没有建立什么精致的思想体系，他的思想甚至可以说是十分简单的（这绝不是说不深刻），这就是爱和非暴力。他超越了各宗教教派的外在差别，而且看到其间某种共同的东西，他经常在祈祷会上念一段印度教经典《薄伽梵歌》，又念一段《古兰经》，还会引述耶稣的话。他重视给普通人写信超过对自己著作的撰写，甚至他读的书也不是很多，世俗读物他大概只仔细和反复地读过三部：英国罗斯金的《给那后来者》、美国梭罗的《公民的不服从》和俄国托尔斯泰的《天国在你心中》，但每本书都实实在在地在他生活中留下了深深的痕迹。他并不是一个有惊人智力或耀眼才华的人，他在印度读大学时曾因感到困难而辍学回家,他自英国留学回到印度后的一段律师生涯也可以说是一场失败。

然而,就是这样一个普通的人,这样一个谦虚和朴实的人,却创造了一个奇迹。正是他的执着精神和不懈工作,感召和引导着印度人民通过几十年不屈不挠的非暴力斗争和不合作运动,终于从英国人手中赢得了自己国家的独立。也正是他的这种精神,给迷茫和狂乱的世界带来了一种希望、一种光明。他是值得印度人民骄傲的——他们在20世纪向世界贡献了一个甘地。

英国人在16至17世纪向世界贡献了一个莎士比亚,他们曾有言:英国宁愿失去印度,而不愿失去莎士比亚。

现在英国确实失去了印度。从某种意义上讲,使英国失去印度的正是甘地。

而使这个大英帝国屈服的,却是一个手无寸铁的人。这个人走的是另一条道路,不是消灭敌手,而是自己吃苦的道路。这在历史上是一条全然新颖的道路,是与世界上到处燃起的战火形成鲜明对照的道路。

当然,他的背后有人民。甘地与印度的土地、传统和人民有着深刻的联系,他能真切地感受到他们的需要。据说,有一次,他待在冬夜的火炉边却依然冷得发抖,他叫身旁的人去看看外面,外面果然有一个冻得要死的穷人,于是他马上将其延入屋内。他出门乘火车总是坐三等车厢;他到伦敦也好,到印度各都市也好,常常是住在贫民区里,他的住处也总是向人们开放。

甘地的功绩是伟大的，他取得了世界性的声誉，但这种功绩和声誉并不是他所追求的，他甚至没有理会这些，而只是坚持他信奉的真理，做他认为该做的事情。当 1947 年 8 月 14 日—15 日午夜印度宣布独立时，为这一事业出力最多的人，作为这一事业的灵魂和旗帜的人，却没有出现在首都开国大典的主席台上，而是在加尔各答的贫民区里。在纺过每天必纺的纱之后（比平日多些），甘地躺在一块用椰树叶编成的席子上睡下了。当午夜 12 点的钟声敲响，当印度初次领略独立和自由，当这片南亚次大陆开始一个新纪元的时候，甘地正在沉睡，他的身边放着一双木底鞋、一本《薄伽梵歌》、一副假牙和一副铁框眼镜。

这年的 10 月 2 日是他的 78 岁生日，印度与世界多地都在庆祝，电台录制了祝贺他生日的专题节目，但他拒绝收听，而是继续一面纺纱，一面默祷，在纺车有节奏的"咯咯"声中，聆听"人世间微弱而凄惨的哀怨声"。

甘地确实满心悲哀，他来到加尔各答，后来又来到德里，想要以爱的精神平息印度教教徒与穆斯林之间的教派骚乱和流血冲突。除了爱，他没有别的武器。他到处走访、祈祷、演说，忍受不理解的人们的辱骂。他最后的办法是绝食——"汝行乎，吾死"。他的精神终于感染和震撼了人们，人们的注意力渐渐从"街道上的暴行转移到这张小床上来了"（尼赫鲁语），加尔各答出现了和平与亲善的景象。这样，在同样是印穆聚居区的印度北部的旁遮普省，5.5 万名军人没有做到的事情（制止宗教骚乱），却在这座250万人口的、历史上最倔强最血腥的、现在又将如火山般爆发的加尔各答城里，由一个手无寸铁的老人做到了。这就是著名的"加尔各答奇迹"。

甘地接着又把这种和平带到了首都德里，办法仍然是自己吃苦，自己默默地忍受、牺牲。后来，他又准备徒步穿过旁遮普省的大地，前往从同一母体诞生的另一国家——巴基斯坦，一路宣讲和平的福音。然而，在他成行之前，他被一个印度教极端分子刺杀了。一个和平的使者死于暴力，这就是历史，也是完善他人格的最后一笔，就像耶稣最后必须被钉到十字架上一样。人啊，难道你真的在罪恶中陷溺得如此之深吗？

甘地一生被捕多次，在狱中度过了6个春秋，共计2338天：其中249天在南非的监狱，2089天在印度的英国殖民者的监狱。甘地一生有16次绝食，其中2次是绝食3周，只喝一点苏打水。他多次在绝食中濒临死亡，最后一次绝食是在他79岁的时候。在他死前半个月，他一共绝食121小时30分钟。甘地如此谈到自己吃苦的意义："我们只受打，不还拳，我们用自己的痛苦使他们觉察到自己的不义，这样我们免不了要吃苦，一切斗争都是要吃苦的！"自己受苦意味着对他人的信任和希望，意味着对人性中某种善端的尊重。这也是一条自我忏悔、自我纯洁之路。最后，"如果你是正确的，你就会在经受重重痛苦之后取得胜利；如果你错了，那么受打击的只是你个人而已"。

在曾获八项奥斯卡奖的影片《甘地》中，甘地临死前，他的英国弟子米拉拜不无凄楚地说:"当我们最需要摆脱疯狂的时候,他给全世界指了一条出路。他自己没有意识到这一点……世界也没有。"

然而,我想甘地是认识到他的斗争的意义的。他在1931年对美国一家电台发表演说时就曾谈到过,印度这一文明古国或许能给流血的世界指明一条新的出路。但是,世界认识到了吗?

巴基斯坦国父真纳的陵墓花了5亿法郎,甘地的骨灰却早已被老恒河的流水带走了,但甘地的精神却注定长存不衰。甘地给世界文明带来了一种新的东西,这种东西的意义我们现在还很难估计。甘地绝不只是一个国家的缔造者,他也是一种伟大精神的创造者。甘地不仅是印度的,也是世界的。

今天的世界已进入了新世纪,我们能对这个千年才遇的世纪寄予什么希望吗?或者毋宁说,我们能通过我们的努力创造什么希望吗?尽管在20世纪的上半叶发生了两次世界大战,但在下半叶迄今没有发生过世界性的战争,世界总是要朝着和平进步发展的。我们怀着希望,我们愿有所为。

正如甘地所言:"未来依赖于我们现在做的事情。"

奇特的上帝

很难想象一个中国人会写这样一本书，因为那需要一种建立在悠久宗教文化传统上的丰富想象力；也很难想象一个19世纪以前的西方人会写这样一本书，因为那时的人们还广泛保持着一种宗教的虔诚。

意大利作家费鲁奇的《上帝的一生》，是以上帝自述的口吻写的一个对世界和人类的回顾。全书共分四部，加一个尾声。第一部是上帝回顾自己的创世。第二部是上帝回顾人类诞生以后的传说和古典时期，上帝记述了自己与摩西的交往，与古希腊哲学家的往还，以及与佛陀、耶稣等，但是没有谈到中国和孔子，也许是作者对中国不很熟悉或者另有看法。第三部是讲中世纪。第四部则进入了近现代，从法国启蒙运动和法国大革命开始一直谈到墨索里尼之死。尾声中的上帝已经用上了电脑，但他已决定离开人类、离开地球。

这是一个奇特的上帝。首先说"一生"就与上帝的观念不合，上帝怎么能受时间的限制呢？然而，书中的"上帝"确实有自己的少年、青年、中年和老年时代。我们所居住的这个世界、这个太阳系似乎是上帝少不更事时创造的，而一旦创造出来，他就不可能再支配它了，世界就会自己运转，人类也是这样，所以他也没办法对人类的罪恶负责。他对自己做过的事无法反悔。他几乎不可能干预人事，甚至他一旦干预也会被排斥、被诋毁乃至被石块掷击。他倒是经常可以附着于各种人或动物的身体之中，但他并不是无所不能。他不能拿自己创造的世界寻开心，随心所欲，想创造就创造，想毁灭就毁灭。他创造出一样东西来，这种东西就开始了自己的再创造，最后它变成的样子，可能连上帝也认不出来。上帝的创造也不是有严格计划、充分考虑或明确目的的，而经常像是任意挥洒。他也不是无所不知的，他并不能预见他创造的全部后果。

这个上帝也是一个忧伤的上帝。他感到，人类变成了反复无常、喜欢报复的动物，陷入了无休止的纷争和混乱之中。学生们一离开学校，就把书本丢得满世界都是；就连上帝的门徒也不再为真理上下求索，而是选了几个代表敷衍塞责，好像真理已经在握，结果人类只是希望寻找一个可以服从的人物。人类被分成富人和穷人、有权者和无权者，每一次怒火的爆发和血腥的屠杀之后，有权的人反而更有权。上帝说他试图治愈人民的灵魂，可是毫无用处，穷人刚摆脱受穷的命运，也立刻开始全身心地聚敛财富。所以,他开始怀疑,他说:"上帝和人类都不得不创造,就像奔流不息的江河,坚冰也无法封锁它。而流逝的岁月使我明白,创造也会是一种暴力行为!"他去造访临死的墨索里尼,墨索里尼只是认为自己打输了,而胜利者的目标并不比自己强多少,所以上帝感到,只有当胜利者聚集在一起,也公开承认自己失败时,人类的噩梦也许才会停止。上帝最后的失望是当它变成一只蜥蜴甜甜地睡着,醒来却发现自己落在一些男孩子的手里,然后作为游戏的仪式之一,被一把锋利的小刀切成碎块。

于是,不是人们向上帝祈祷,而是上帝自己祈祷,向一个孤独的隐修士祈祷,也是向人类祈祷:"对我发发慈悲吧,如果你知道我是谁的话。"你可以说这是一个无能为力的上帝,一个苦弱的上帝,但你也得说这是一个悲天悯人的上帝,一个充满善意的上帝。

结尾是决定离开的上帝在地球上方飞行,他从白色的棉絮般的云彩中望过去,看见茫茫无际的湛蓝在周围展开,他说"抛开这样的美丽绝非易事",而同时,"困惑不解的祈祷者向我走来,被交叉着的红绿灯分割着,我几乎听不清他们说了些什么"。

当然,我们得记住,虽然这本书采取了上帝的口吻,这眼光毕竟还是一个人的眼光,这叙述也还是一个人的叙述。

悼念诺齐克

2002年1月25日清晨,我收到从哈佛发来的一封电子邮件,得知著名哲学家、哈佛大学的"大学教授"诺齐克(1938—2002)已于23日逝世。虽然我早就听说他身患癌症,但还是感到震惊。一个思想者,无论身体多么病弱,只要神志清醒,就还能思考,也抑制不住要思考,而我们也就还是对他寄予希望。而现在,当代哲学界最锐敏的头脑之一停止了思考。

我想,用"最锐敏"来形容他是恰如其分的。我80年代末翻译过他的《无政府、国家与乌托邦》,这是一部几与罗尔斯的《正义论》齐名的政治和道德哲学著作。我们不仅可以从中看到思想的训练有素和刻苦执着,还能随处看到作者的才华横溢,而且这是青春的才华——诺齐克写这部书时才30岁出头,在哲学领域很少有人在如此年轻的时候就释放出自己最耀眼的才华。我也一直犹疑着:是否这第一本书也是他一生写得最好的一本书？至少是他最有影响的一本书？

在思想风格方面，我曾比喻罗尔斯的《正义论》像一座精心垒就的多层宝塔，而诺齐克的《无政府、国家与乌托邦》则像一棵树，虽然你也能看到有光秃的枝丫——诺齐克主张把思想的困惑、弱点也一并交给读者——但整棵树却是浓郁、新鲜、生机勃勃地伸展的。罗尔斯一生只专注于一件事——对正义理论的探讨，与诺齐克不断地变换研究领域形成一个鲜明的对照。

诺齐克的思想敏锐犀利，他能够迅速抓住论辩对手的脆弱之点，能够在自己感兴趣的地方深入底里，同时也不乏建构思想和平衡观念的能力。在《无政府、国家与乌托邦》中，我们既可以看到富于灵感的新颖例证，又能看到精巧的设计、体系化的安排和一种简明有力的逻辑。全书的主要观念其实相当简单而明确：国家是必要的，但只是在保障公民权利的范围内是必要的。我们不能指望国家做太多的事（例如福利国家之类），因为这势必要以侵犯个人的权利为代价，所以我们只能满足于一种"最弱意义上的国家"，即一种"守夜人似的国家"。而这样的国家并不是乏味的，它仍然能够提供一个平台，满足各种"乌托邦"的追求——只是不是在国家强制的范围内，而是在个人或自愿结成的团体的范围内去满足。整本书的论证则是复杂而精巧的，同时，你也可以感到一种从道德边际约束的角度来理解和捍卫个人权利的力量。

诺齐克是从一个激进的左派转向这种有古典风味的自由主

义观点的，问题是这样一种类型的自由主义在"二战"后的美国反而显得有些"极端"。而《无政府、国家与乌托邦》一书在1974年出版后，其理论与80年代美、英政府的政策及一种政治运动在客观上的联系（这并不是他情愿的），使诺齐克的思想并不太被学界"看好"，虽然包括批评者也都欣赏他的思想才华。诺齐克后来离开了政治哲学，当然这主要不是迫于什么压力，而是因为他的思想兴趣发生了转移。他的思想性格中有一种强烈的不安分和好奇。他后来转而探索哲学的解释，包括认识论、价值论、人生哲学等诸多方向，喜欢一种哲学的多元论。只是到1989年出版的《反省的人生》一书，他才在题为"政治的曲折"一章中又稍稍回到政治哲学的主题。

1994年，诺齐克发现罹患胃癌，然而他仍不懈思考、写作和讲课，表现出很大的勇气和坚忍。这样一位富有才华的思想者的陨落不能不让我感到悲哀，而八年前我与他在哈佛大学爱默生楼办公室的一次谈话又浮现眼前，恍然如昨。我不知道他那时是否知道癌细胞已潜伏在他体内，而他给我的印象是乐观、热情和亲切的。那次临走时，他在赠书《无政府、国家与乌托邦》的扉页上写下了这次"相遇的快乐"，在《反省的人生》的前面表示"感谢你对这本书欣赏的评价"。写至此，突然有一种遗憾，也许我前几年可以将《反省的人生》翻译出来，病中的他收到这一译本一定会感到安慰和高兴。当然，以后也还会有人去做这件事，人们也总是可以通过读其书而感受这样一个永远在探索的人的心灵。但无论如何，斯人已去。

诺齐克教授逝世后，哈佛大学校报有一篇悼念文章，简要介绍了诺齐克的研究和大家得知他去世时的反应。该文认为诺齐克是20世纪知识界的主要人物，在他的写作和讲课中都表现出智力宽宏、风格迷人的特点。他1969年（30岁）即成为哈佛大学的教授，1998年成为"大学教授"。他也是美国艺术与科学院院士。他思想的影响超越学院，尤其是他的《无政府、国家与乌托邦》，使他成为西方战后最重要的政治哲学家之一，该书获得了美国国家图书奖。

他的主要著作还有：《哲学的解释》（1981）、《反省的人生》（1989）、《理性的性质》（1993/1995）、《苏格拉底的难题》（1997）等。他的最后一部著作《不变性——客观世界的结构》2001年10月由哈佛大学出版社出版。

虽然身罹癌症，但他一直工作到最后一息。他在刚结束的这个学期还在开"俄国革命"的课程，并计划下学期还要开课。去世前一周，他还在与同事讨论和批评他们的著作。

他的一位老朋友、法学教授艾伦·德肖维茨（Alan Dershowitz）说，"他的心灵一直保持睿智和锐敏到最后"，说他不断在探索，总是学习新的主题。哈佛大学校长劳伦斯·萨默斯（Lawrence H. Summers）说："哈佛与整个观念世界失去了一位杰出的富有刺激性的学者，他在哲学等领域产生了深刻的影响。"美国艺术与科学院院长诺尔斯（R. Knowles）说，诺齐克去世"这一损失对哲学与哈佛都是重大的"。哈佛大学哲学系主任克里斯汀·科尔斯戈德（Christine Korsgaard）认为诺齐克是一位"杰出和无畏的思想家"，"对一切都感兴趣"，"而他在患病后这些年所表现的勇气，他的继续工作的不可遏止的精力，给我们所有人都留下了很深的印象"。

我想，"反省的人生"不仅是诺齐克一本书的书名，也是他一生的写照。这就是哲学家的一生，因为哲学家的生活就是一种反省的生活，哲学家要做的事就是反省。古希腊雅典的第一位哲学家，也是西方第一位大哲——苏格拉底，已经给哲学家定了位："未经反省的人生不值得活。"这也许不是说不值得所有人活，但至少是不值得哲学家活。我如果不喜欢反省，或者没有能力反省，那我最好就去干别的。反省不是占有知识，只是占有一些知识而没有反省精神的"哲学家"不能算是哲学家。所以，"爱智者"（philosopher）才是哲学家，"智者"（sophist）反而不能算哲学家。爱智慧就会发问，就会反复琢磨和反省。哲学不会定格不动，哲学家总是在路上。

诺齐克是十五六岁时在布鲁克林的街上通过一本平装的柏拉图《理想国》接触到哲学的。他还不太看得懂这本书，却感到了一种振奋，知道这是一本奇妙的书。这就和最原本的哲学接上了，并把他引上了哲学之路。

诺齐克反省的主题是政治生活以及哲学本身。诺齐克的第一本书是《无政府、国家与乌托邦》，主要是讲政治；第二本书是《哲学的解释》，书名已不言而喻，主要是讲哲学；而第三本书《反省的人生》，其中有哲学，有政治，也有对人生其他一些方面的反省。

在诺齐克的著作中，看来还是第一本《无政府、国家与乌托邦》影响最大，它是西方20世纪最重要的政治哲学著作之一。政治家可以不怎么理会哲学，哲学家却似乎总摆脱不了政治——当然，这也许是由于谁都摆脱不了政治。但哲学家似乎还是首当其冲，或者他对政治有话要说，或者政治要找他的麻烦。因为哲学家要反省人生的各个方面，当然也会包括政治，这就和常人不同，就可能对政治构成一种潜在的威胁。

尽管美国是一个权力受到多重制衡的国家，是一个如果哪位诗人写了一首赞颂领导人的诗，他作为诗人的前程马上就会断送的国家，但你仍旧可以感到政治权力毕竟是政治权力。权力就是做这个的，就是要在某些重要的方面管理和支配人的，你得让它做这个，除非你更愿忍受无政府状态，但你也得对它保持警惕和小心，不要太信任它，这就是许多美国人的观点。

而政治家和哲学家毕竟各干一行，政治家话语和哲学家话语也会有差别，即便年轻、新锐的总统如肯尼迪也说："不要问国家为你做了些什么，而要问你为国家做了些什么。"而诺齐克《无政府、国家与乌托邦》"前言"的第一段话却是这样写的："个人拥有权利。有些事情是任何他人或团体都不能对他们做的，做了就要侵犯到他们的权利。这些权利如此强有力和广泛,以致引出了国家及其官员能做些什么事情的问题(如果能做些事情的话)。个人权利为国家留下了多大活动余地,国家的性质,它的合法功能(如果有这种功能的话)及其证明,就构成本书的中心内容。"这里判断的标准是权利而不是权力,是问个人权利为国家权力留下了多少活动余地,而不是问国家为个人留下了多少活动余地,两种问法发展开去会有天壤之别。

按这样一种思路,我们设想哲学家诺齐克大概会如此回答政治家肯尼迪:"我会为国家做我该做的,比如平时纳税以支持它,战时去捍卫它,以使国家履行保护我们的功能。但除了保护我的基本权利,我并不需要国家为我做得更多,因为做得更多反而可能侵犯我的权利。所以,我为国家不能做得太多,正如国家不能为我做得太多一样。关键在多少,而不在谁为谁做,我们完全可以在非政治权力的领域大有可为"云云。

罗尔斯在《正义论》的开首也说:"每个人都拥有一种基于正义的不可侵犯性,这种不可侵犯性即使以社会整体利益之名也不能逾越。因此,正义否认了一些人分享更大利益而剥夺另一些人的自由是正当的,不承认许多人享受的较大利益能绰绰有余地补偿强加于少数人的牺牲。所以,在一个正义的社会里,平等的公民自由是确定不移的,由正义所保障的权利决不受制于政治的交易或社会利益的权衡。"

德沃金则直接批评美国副总统阿格纽所说的"对权利的关心是国家这艘航船的顶头风",在《认真对待权利》的结尾,他写道:"如果政府不认真地对待权利,它也就不能够认真地对待法。"

当然,他们都是自由主义者,且为这个营垒里的三巨擘。在保障所有人的基本权利这一点上,他们是一致的,但他们的理论也有许多分歧。1994年在哈佛大学的一次学术会议上,他们三个人恰好都到了,与会者都可以感受到他们之间论辩的友好和平常心。

在"权利(rights)对权力(power)"的论争中,哲学家看来大都站在权利一边,而捍卫所有人的权利也就是捍卫他们自己的同样权利,捍卫他们的生活方式。诺齐克尤其是权利的热烈的捍卫者。权力就是权力,权力是强有力的,权力就是力量。而且,与社会名望、经济财富的影响力比较起来,政治权力是人类社会中最强大的力量。而权利看来是无力的,有时它除了印在纸面上,其他什么也不是。如果它要变得有力,我们想一想,它的力量来自何方?

在《反省的人生》一书中,诺齐克试图反省他的生活与实在的联系。他认为哲学有关生活的沉思呈现的是一幅画像而不是一个理论,这幅画像可能是由理论要素构成的,例如包含种种问题、区分与解释,但这些理论的要素还是构成了一幅生动的图画。这本书考察了死亡、创造、上帝的性质与信仰的性质、神学、日常生活的神圣性、父母与孩子、性、爱的纽带、情感、幸福、如何生活得更真实、自私、价值与意义、黑暗与光明、大屠杀、启蒙、各得其所、理想与现实、政治的曲折、哲学的生活、什么是智慧以及哲学家为什么如此爱智慧等诸多题目。

诺齐克解释他写这本书的初衷说:"我想思考生活以及什么是生活中重要的东西,以澄清自己的思想与生活。我们——包括我自己——都倾向于像自动机一样生活。按照我们早先确定的目标和对自己的观念行进,只做微小的调整。无疑这有些好处:以相对无修正的方式多少不假思索地追求先前的目标,能在实现抱负和效率方面有所得,但就这样按照青少年时期形成的并不完全成熟的世界观照直生活,也会有所失。"

所以,反省也就是曲折,或者说是在所有人都匆匆往前赶的大路上,自己却有意放慢步伐甚至停下来想些事情。头脑复杂和多面的人们有时多么羡慕头脑单纯的人们,后者确定了一个目标就勇往直前,不耽误一点工夫,但前者有时又会有点可怜他们,他们的视野中有盲点,有些东西永远在他们的视线之外。

政治当然也需要反省,所以政治也会有曲折,会走"之"字形(zigzag)——英语"zigzag"这个词很有趣,无论看起来还是念起来,都颇有"曲折"的味道。在诺齐克看来,美国两党交替的选举政治就有点像这种曲折。隔几个总统任期,差不多就要换一次班,这并不一定是因为在台上的政党犯了大错,而是它执政久了,就自然而然地可能往一个倾向上走得过远,而人性、人群的要求其实是多方面的。比如,民主党往福利国家的方向上走远了一些,民众就可能想通过让共和党上台来在政策上做一些调整,而如果共和党执政久了,民众可能又嫌它在有些方面过于保守。这样,长远看来,政治就不是一条平直的通衢大道,而像一条曲曲弯弯的小路。当然,这两个党并没有根本性质上的不同,所以没有大转向,没有大曲折,不是完全的改弦更张,更不必诉诸暴力流血,而只是一些小曲折。而总是有一些小曲折,可能正好预防了大曲折。

一位反省者走到了他尘世生命的终点,大概他也会感受到苏格拉底被判死刑后的心情:"分手的时候到了。我去死,你们活下来。至于哪条路更好,只有神才知道。"

缅怀罗尔斯

2002年11月末,我到达美国西海岸,在一个谷地里蛰居不久,一天下午,去当地市镇的图书馆校一份译稿,想找罗尔斯的《正义论》,却没有这本书,1997年版的《美国百科全书》上也没有找到"Rawls"的词条。我回来在电脑上用Google搜索,却意外得知罗尔斯已在数天前逝世。

虽然早就有预感,但还是觉得有些吃惊,并悲从中来。哲人其萎,20世纪总的说并不是一个哲学兴盛的世纪,而是一个行动远多于沉思的世纪。其哲学成果不但难与19世纪相比,且其下半叶又逊于上半叶。唯独政治和道德哲学在20世纪的最后数十年里有所复兴,1971年罗尔斯《正义论》的出版就是这种复兴的一个明显标志。

在不到一年的时间里,哈佛大学连失诺齐克、罗尔斯两位思想重镇,而由于他们的地位举足轻重,这又不仅是哈佛的,也是欧美学术界的重大损失。两人都是在90年代中期染病,诺齐克罹癌症,罗尔斯也一直身体不好,前几年国内且曾有过他去世的讹传。但两人毕竟又顽强地生活着,还进入了21世纪。这似乎预示着他们的思想要在新的世纪继续发挥——用一位评论者的话来说——不是"以十年(decades)计",而是"以百年(centuries)计"的影响。

我也许可以先说一说我与罗尔斯思想接触的个人经验。1986年夏,我和两位朋友一起翻译罗尔斯的《正义论》。译稿告讫后,我给罗尔斯写过一封信,希望他方便的话,为中文译本写一篇序。大概过了相当一段时间,我收到他手写的一封信,他抱歉说以为序已经写好寄出,却发现还是没有寄。我最后仍然没有收到他的序。如其自承,他是相当"心不在焉的"(absent-minded)。1994年春夏,我在哈佛听了大概是他开的最后一次课,那时他的身体就不太好了,有时因病停课,上课时声音也不大,偶尔还有点口吃,让人感觉他有些腼腆,甚至害羞(shy),当然也清高自恃。他是一个不喜欢直接介入政治事务的政治哲学家,他甚至不喜欢交往,而主要是通过他的书与人们打交道,通过退后到更深层次的思想中来间接地但也是长程地影响世界。

所以,我想,纪念一位思想者——尤其是这样一位思想者——的最好方式,应当是充分重视和仔细清点他的思想遗产,思其所思,包括从各个角度对其思想提出认真和仔细的分析与评论，以至批评与质疑。我个人是有理由深深感谢罗尔斯的，在某种意义上，正是他的思想医治了或至少转移了我的悲观失望，也修正了我过分关注个人的诗意浪漫和救赎渴望的偏颇。但是，在这篇文章里，我想说的更多的还不是罗尔斯告诉了我们什么，而是，作为中国学者，我们能够对罗尔斯的思想遗产说些什么。这也是一种更大范围的"反省的平衡"（reflective equilibrium），当然这里主要使用的还是罗尔斯的概念。

罗尔斯精心构建和论证了一种社会正义的理论——"公平的正义"（justice as fairness）（《正义论》，1971），又努力使之在一个价值合理多元的社会里成为政治上的"重叠共识"（overlapping consensus）（《政治自由主义》，1993），并试图将其从国内社会移用于国际法（《万民法》，1999）。罗尔斯有两个应用于社会基本结构的正义原则：第一是要求所有人都应有平等的基本自由；第二是要求所有人都应有公正的机会平等，并只允许那些最有利于最不利者的差别存在，即著名的"差别原则"（difference principle）。如果说第一个原则的要义是保障自由——保障所有人的良心、信仰、言论和政治参与的自由，那么第二个原则的要义则是希望平等和尽可能范围内的均富。但是，第一原则是优先于第二原则的，只有在充分满足了第一原则之后才能满足第二原则。在这两个正义原则之间不允许存在利益的交易，比如以大多数人的利益为名侵犯少数人的基本自由。而在"差别原则"中，亦使最不利的群体也得到一种"最大最小值"的利益保障。

　　罗尔斯认为他的正义理论是相当抽象和一般的，是应用于一种理想的、"秩序良好的社会"的，亦即人们一旦选择或同意了社会的正义原则，就会遵循它们。而他所提出的两个正义原则，实际上反映了当今美国或西方社会"所推重的判断"，或者说，是在与这些判断的反复平衡中得到自己的论证的。但今天的欧美社会也是历史发展的结果。如果我们将这两个正义原则的序列检核于西方近代以来社会制度以及政治理论发展的历史，也检核于当今的整个世界，我们也许不得不在这两个正义原则之前再加上一个正义原则，即保存生命或者说谋求人的基本生存的原则。当然，也可以说，罗尔斯的两个正义原则是在某种不言而喻甚至更高的层次上包括了保存生命的原则。但是，我们要考虑到保存生命的原则在某些特殊情况下会与利益平等乃至基本自由的平等的原则相冲突，这时就不得不衡量孰先孰后，就有必要独立地提出保存生命的原则，并且使其处在最优先的地位。从而，如果我们兼顾理想与现实，兼顾不同文明，就可以发现另一种正义原则的序列——一种不是两个而是三个原则的序列：生存—自由—平等。当然，提出"生存原则"并不是要满足于此，而是要指出一个更为基本的出发点。

　　其次，即便是罗尔斯提出的两个正义原则的序列，更值得我们深致意焉的也还不是西方学者更为关注的第二原则，而是有关平等的基本自由的第一原则，其中争取平等的良心自由也许又优先于争取平等的政治参与自由。同样，在第二原则中，更值得我们关注的也许还不是差别原则，而是机会平等的原则，甚至是机会的形式平等的原则。这种优先次序自然符合罗尔斯的本意，但由于西方学者在第一原则上几乎意见相同，争论就比较集中于差别原则上。而这一争论在自由主义的内部实际上是自由主义的底线共识或者最小范围究竟划在哪里的问题。诺齐克、哈耶克等可能主张把范围划小一点，而罗尔斯则主张把范围划大一点，即把最惠顾最少受惠者也纳入制度的正义原则范围之内。然而，在还要争取基本的自由权利，争取基本的公民待遇、国民待遇的社会里，第一正义原则理应得到更为优先的关注和更为仔细的讨论。

而即便是差别原则，我们也应当考虑到它的另一种可能用法——这种用法是罗尔斯未曾料到的。他提出差别原则的本意是为了缩小差别，但在一个相当平均主义而又"患寡"（均穷）的社会里，这一原则却有可能用来为扩大差别辩护，即如果有给未来的最不利者也带来最大好处的差别，为什么不允许这种差别出现呢？

我们也要注意罗尔斯的差别原则的一个理由，与其说是穷困者"应得"（desert）一种补偿利益，"应得"国家的最大惠顾，不如说是富裕者或国家应当给出这样一种利益。罗尔斯的分配正义论甚至基本上是排斥"应得"这样一个在亚里士多德等传统思想家那里占据中心地位的概念的。同样，那些因天赋较高而处于竞争优势地位的人们，他们的天赋也不是应得的，所以，他们应当把自己所得的一部分利益拿出来，给予那些在竞争中处于劣势的群体，而且这不是一个自愿或慈善的问题，他们应当接受国家通过高额累进税、福利国家等政策来实现利益的再分配。之所以应当这样做，还因为社会是一个合作体系，如果没有别的阶层的合作，优越者也不可能创造更大的利益，甚至整个社会都会趋于动荡甚至解体。

对于国家应当最惠顾那些最不利者，人们也许还可以再补充另一些理由。比方说，从经济上考虑，国家保障富有者的成本实际上要远远高于保护穷困者的成本。从道德上考虑，所有人都是同类，相互之间具有某种同胞情谊。而且，在某种意义上，不仅我们所属的政治社会，甚至整个地球，都越来越休戚相关，变成一个诞生即进入、死亡方可退出的联合体，强者与弱者都无可逃逸地要生活在同一个世界里。

罗尔斯尽管主张社会制度应最关怀最不利者，但他强调的理由是"应给"与"合作"，与强调"应得"与"斗争"的理论相比，其区别还是非同小可。如果认为社会底层本就"应得"社会的主要利益，因为正是他们创造了财富、创造了世界，而他们现实的穷困只是因为被剥夺，那么，不管使用什么手段（包括使用暴力的手段）来"剥夺剥夺者"，就都是可允许的，甚至是最正义的了，因为这只不过是"物归原主"而已。但如果缩小差别的理由是富者或社会"应给"，那么，谋求均富的目标，尤其是手段,就会受到限制,至少暴力的手段会在被排除之列。

全面来看,并不只是差别原则在谋求平等,平等的基本自由原则和机会的公正原则都是在谋求平等。在信念和政治行为的领域里,自由就意味着平等,平等也意味着自由。而机会的公正平等原则要进一步消除那些来自社会环境和家庭出身的差别,这样,留给差别原则所要调节的不平等,就只是天赋差别产生的不平等。

是不是这种来自天赋差别的不平等也必须通过国家来调节?正是这一点容易引起争论,而对前两个原则所要调节的不平等则较易达成一种"重叠共识"。罗尔斯对这一问题的肯定回答似乎还来自他对正义概念的理解。他认为,正义就在于消除偶然和任意的因素。但这是否意味着要消除一切偶然和任意的因素?而在某种意义上,任何个人的诞生和死亡也都是一种偶然。不过,一个不得不考虑的现实因素是:即便是纯然,出自天赋差别的利益不平等也是足够巨大的,而社会的"马太效应"更倾向于扩大这种不平等——甚至在这一贫富分化的过程不涉及暴力和欺诈等不义的情况下也是这样。于是,面对这样一种虽然是自然而然产生的悬殊,人们可能仍很难拒绝国家对这种状态的适度干预。

以上讨论使我们追溯到罗尔斯的社会观与人性观,虽然这些观念在罗尔斯那里隐而不显。罗尔斯理解社会应当是一个合作体系,而在对人的理解上,"原初状态"(original position)

中的各方,自然是"理性人",甚至是经济学意义上的自利的理性人,他们相互冷淡,会冷静权衡和计算利害得失。一些批评者认为,罗尔斯甚至预设了他们的某种气质,即一种相对保守、力求确保一种"最大最小值"而非争取"最大值"的气质,这方面与经济学中谋求"利益最大化"的理性人又有差别。一些批评者可能会觉得罗尔斯对社会的理解过于天真,而他对人性的理解,在一些熟谙人性的人们看来,也过于理性化,甚至是偏于保守的理性。因为人也可能更倾向于冒险以求最大利益,甚至为此丧失自己本可保守的基本利益也在所不惜。但罗尔斯也许会争辩说,社会制度尤其是社会基本结构的设计,必须立足于人的理性,而社会正义的主旨就在于为每个人防止最坏情况而非争取最好状态,在基本结构的正义之外,还将留有个人激情、灵感和思想施展的广阔空间。

总之,罗尔斯给我们留下了一份重要的思想遗产。罗尔斯思想的重要意义在于:他推动了使西方哲学、伦理学转向实质性问题的潮流;他相当成功地在正义理论的领域做出了一种使义务论取代目的论、取代功利主义而更占优势的尝试;他后来日益深刻地意识到了现代社会的价值分歧,而仍然不懈地寻求一种正义共识。概括地说,他最重要的贡献就是:他为自由主义的政治与道德哲学提供了一个迄今最精致的理性设计的范本,在某种意义上,他也可以说是美国社会居主流的价值和正义观念的忠实代言人。

自由主义政治哲学在当代西方的进展自然还得益于诸如哈耶克、诺齐克、伯林、波普尔等许多思想者,也包括来自左和右的方面的批评者的贡献。这一次"哲学的猫头鹰"起飞得似乎要早一些,在 20 世纪六七十年代,上述思想者就开始推出了他们的主要著作,而到了八九十年代,历史似乎在印证他们的主要观点:人类似乎找到了最适合自己的政治结合方式,这种政治结合方式与其说是最好的,不如说是最不坏的。它使利益和地位的竞争以及政治斗争至少处在一个非暴力、非血腥的水平上;它限制权力的僭越,使任何人——无论他处于多么弱势或少数的地位——都不至于处境太坏或完全哀矜无告。

但这种"历史的终结"又是和"最后的人"(尼采所说的"末人",或托克维尔所说的"中不溜儿的人")联系在一起的。不仅哲学,人类或许也要进入"黄昏"——人类或许要进入长久的"安睡",没有了白日的躁动,但也没有了白日的灿烂。那么,还会不会有新的《国际歌》使人"热泪盈眶"、"热血沸腾"?还会不会再有"一天等于二十年"的盛大的、革命的节日狂欢(即便在这之后又要进入"二十年等于一天"的时期)?除了在运动场和竞技场,人类斗争的欲望、追求胜利的激情,还能否在其他方面充分展现?人类的与追求平等同样根深蒂固的追求卓越的激情将如何安置?如果说以往历史上人类对卓越的追求曾以牺牲平等为代价,那么,现在人类对平等的追求是否要以牺牲卓越为代价?人们的精神文化生活会不会变得枯燥乏味？人们的物欲或贫富分化的状况会不会变得不可收拾，甚至酿成在生命意义上终结人类的大灾难？

这些问题，当然又绝不止这些问题，不断引发出对自由主义的批评。自由主义的理论和制度实践在某种意义上也是最值得认真对待和施以攻击的主要靶子。它越来越承担起"公共平台"的角色，但也因此成为"众矢之的"。我们依然有必要对未来保持敏感和开放。在新的世纪里，我们依然绕不过提供了一份相当完整的自由主义政治哲学范本的罗尔斯。

域外来风

萨特的意义与局限

2005年6月21日，是法国著名哲学家、戏剧家和小说家萨特诞生一百周年纪念日。萨特首先是一个作家，或如他的忠实学生和朋友让松所言，他是"为写作而存在的"。词语对他有巨大的魔力，他的一本自传性作品就叫《词语》（1963）。而他也的确具有写作的天才，能极其娴熟地运用且不断磨砺他写作的技艺。他也是个罕见的、能够驾驭多个领域和多种文体的作家，他的写作包括了哲学、时评、文论、小说、戏剧等许多方面。其中主要的哲学著作有《存在与虚无》（1943）、《辩证理性批判》（1960），都是难啃的大部头，而比较好读且风靡一时的是诸如《存在主义是一种人道主义》等短篇；主要的戏剧有《苍蝇》、《密室》、《死无葬身之地》、《肮脏的手》、《魔鬼与上帝》等，大都在剧院久演不衰，引起过社会的轰动；主要的小说则有《恶心》、《墙》、《解放之路》等，有些可以列入最好的现代主义艺术作品之列;他还有许多时评、政论、文论等杂著,如名为《境遇》的系列作品、《圣·热内:演员和殉道者》以及一些访谈录等,其中许多文章也是当时人们注意的焦点;他最后的巨作是近3000页的《家庭玩偶:1821—1858年的福楼拜》,但其影响似与这篇幅远不成比例。

萨特并不擅长在面对公众的场合讲演或直接与敌手辩论,他有时甚至会对电台或电视台的采访感到局促不安,但是他的文字极其生动犀利,也富有表现力和煽动力,所以他的作品不仅在知识界,也在社会上不胫而走。他在他活着的年代里的巨大影响力,主要是文字赋予的。他不知疲倦地写作,而且几乎在任何场合都能写作。他晚年失明,这对他是个沉重的打击,他不能写了,他的生命也就快结束了。我个人认为他的戏剧写得最好;时评、政论和小说其次;哲学也很不错,属于20世纪法国人中思辨力最强的范畴,但无论如何还是赶不上同世纪最好的德语哲学家,如海德格尔和维特根斯坦,至于和地道的英美分析哲学如何比,则看各人的口味。

萨特又绝不仅是一个单纯的作家,他所处的时代和国家赋予了"词语"一种巨大的社会影响力。自启蒙时代起,法国的作家文人就对社会政治有相当大的影响,而自左拉为德雷福斯案件辩护以降,20世纪的法国知识分子对社会政治更是一直发挥着巨大的作用,尤以"二战"结束后"光荣的30年"为最。当然,萨特在战后也主动、积极地参与了政治,成为那30年中主导法国思想潮流的知识左翼的领袖或象征性人物，也是那一时期发表声明、宣言以及参加签字、请愿等活动的最高纪录的绝对保持者。但对于这一段历史，有专门研究的法国学者西里奈利认为："事实上，在萨特本人去世之前，他的地位在很大程度上已遭到了动摇。""他葬礼上的激动场面以及参加葬礼的众多人数说明不了什么问题，因为除了他的亲朋好友，萨特的个人影响已大为减弱。"法国左翼知识分子在30年辉煌之后，由于"古拉格群岛"的披露、越南船民事件等，很快被抛入了一个"孤儿时代"。

但这实际上不仅是左翼知识分子迅速丧失影响力的时代，也是所有公共知识分子不断丧失影响力的时代；不仅是法国如此，世界都是如此。这就是我们现在所处的时代：一个更重视比较单纯的学者或咨询性质的专门家，而非思想型和干预公共事务的知识分子的时代，以至于不断出现像雅各比《最后的知识分子》这样的论述。而我们这几年也在看着萨义德、桑塔格这种批判型知识分子一个个离去而感觉他们似乎"后继乏人"。无论如何，那个文人和知识分子叱咤风云的时代是过去了。萨特离开我们也有四分之一个世纪了。思想性的文字今天无论在法国还是在世界其他地方都不再有20世纪前七八十年那么大的影响力了。这是时代的幸运，还是不幸？

的确，好的文字并不一定都是好的思想——或更准确地说，不一定都是对的思想。思想观点被表达得很优美、很有力，但不一定就是正确的。

萨特20世纪50年代来过中国，并在国庆节上过天安门的观礼台。尽管他当时在世界上已很有名，但他对中国的知识分子却几乎没有什么影响——这也不难理解，那时的外来者大概谁也不可能对中国的内部产生多少影响，不像现在都是"外来的和尚会念经"。那时他在台上，日后可能会受其影响的"少先队"在台下。他是在观看和赞美，我们虽然也是在欢呼，但谈不上有什么心智联系。他是他，我们是我们。

萨特真正对中国的思想界和知识界发生较大影响，是在1978年改革开放以后，并在80年代初达到过一个高潮。我当时也是一度着迷的一个。他那时的影响主要也是在他的强调主体自由选择的哲学和文学方面，而不是具体的社会政治观点。时至今日，他的大部分作品都已被译成了中文，但读它们的人反而少多了。

虽然有的人喜欢如此评价，但我不愿意轻许一个人为"社会的良心"或"正义的斗士"，包括萨特。他更多的还是满足自己的一种自我实现和斗争的欲望。不过，这就很好了。他干得非常出色。他的确是在"当世打赢"了，虽然死后影响迅速消退，但今后什么时候影响复涨也未可知。他是在一种被保护得很好甚至可说是非常优裕的环境中"造反"和"批判"的，所以在真正严酷的环境里战斗的人看来就像是做戏，这大概就是六七十年代苏东的知识分子和大学生并不欢迎他而欢迎加缪的重要原因。但是，他毕竟反对权力，反对他直接面对的权力。

他骨子里还是一只"牛虻",尽管让人不安的"牛虻"常使人讨厌,甚至也确实会叮错对象,但我们可能还是会在某些太沉闷的时候怀念"牛虻"。只是想做"牛虻"的人也要力图使自己弄得对一些。"牛虻"也许对中国更有必要。据说有人批评说,像桑塔格这样的知识分子,是在优裕的环境里努力思考严肃的问题;而今天中国的学者文人,则是在严肃的环境里努力使自己的生活变得优裕。

萨特为人慷慨豪爽,尤其对年轻人。在他这样似乎要与传统习俗决裂的人那里,也仍存古道热肠:比如他与加缪有过激烈的争论而近乎决裂,但他在加缪因车祸去世后发表的悼文令人感动——这就像萨特另一个30年的对手阿隆,在萨特遇到粗暴的批评时会出来为他说话一样。毋庸讳言,有众多的杰作在,萨特注定是不朽的。

最后想说的话是:有空读一些萨特的书吧,欣赏他的文字艺术吧,但对他的思想保持一种清醒或距离——因此,我还要向萨特的读者同时推荐与他同为"1905年代人"的阿隆和稍晚的加缪的作品。虽然阿隆谦虚地承认自己没有萨特那样耀眼的哲学和文学才能,桑塔格也评论加缪的写作才华不及萨特,但在他们那里,有一种比萨特更清明的理性和更调协的激情。

阿隆、萨特、加缪三人谈

仿普鲁塔克《希腊罗马名人传》中的"合评",我也尝试将法国 20 世纪三个最著名的知识分子在合观中做一点评论。当然,这里多是一些个人的思绪和回忆似的漫谈,但也想借此提出一些问题。我越来越意识到,在学界,我愿意主要担当一个"提问者"的角色,虽然由于我关心的问题是具有实质意义的,以及我个人的原因,我不可避免地会是一个"有倾向的提问者"。这一说法与阿隆所说的"介入的或有投入的旁观者"(Le spectateur engage / the committed observer)比较起来,是否还要不自信,还要与社会政治的实践保持距离?

我最早是在 20 世纪 80 年代初因自由问题而研究萨特的,前两年因为关注国际政治和战争而思考阿隆,最近又因死刑问题而重读了加缪。

之所以将 1913 年出生的加缪加到 1905 年出生的阿隆和萨

特中来,不仅因为加缪也属于广义的"1905年代人",更因为他是这一代人不可缺少的一个维度,就是道德的维度。

萨特否定道德原则规范;阿隆谨慎地区分政治与道德;在加缪那里,则有明确的道德原则和动人的道德感。

如果说萨特更多地表现了热情,尤其是裸露和戏剧性的热情,阿隆则更多地表现了审慎、明智和内敛的理性,而在加缪那里,我们可以更多地感受到一颗倾向于节制和平衡的心灵,并且,那首先是恻隐之心。

萨特以其才华横溢使人瞩目和赞叹,阿隆以其清明理性使人最终信服,而加缪则径直使人爱他。

萨特和加缪都兼哲学与文学,阿隆不碰文学,但进入了社会科学。

加缪来得最晚,走得最早;阿隆来得最早,走得最晚;萨特在中间。

萨特也一直是在旋涡的中心。他和加缪争吵与反目,和阿隆更是"30年的对手"。

然而,加缪去世,萨特写了一篇感人的悼文;萨特晚年遭到粗暴的批评,阿隆奋起为之辩护。

萨特家庭富有,阿隆家境也不错,而加缪是真正在贫困中长大的。萨特和加缪都是一岁多就失去了自己的父亲。

萨特没有结婚,没有孩子,但有一个长期伴侣和情人;加缪结婚、离婚、再结婚,有两个孩子;阿隆和妻子互相"从一而终",晚年他更感家人是他最大的慰藉。

加缪已可说是早慧和高产,萨特更高产,而阿隆比萨特其实还高产。

阿隆和加缪没有访问过苏联;萨特50年代访问过苏联,他回来写的文章题为"在苏联,有绝对的批评自由"。

萨特是幸运的,他的才华得到了最好的展现,他几乎一生都处在聚光灯下,而当左翼知识分子刚进入"孤儿时代",他就溘然长逝了。阿隆是有些不幸而又幸运的,他一直相当孤立和饱受攻击,他最应该活到80年代末却没有活到,但到他接近垂暮之年的时候,风已开始往他那个方向吹。加缪最不幸,他47岁突遇车祸而去,但这也可能是最大的幸运:上帝怜爱他,提前把他接走了,以免他遭受更多的心灵痛苦和焦灼。他不像阿隆那样随和而又坚忍。

萨特最喜欢的词大概就是"词语",阿隆最喜欢的词大概会是知识、理性,而加缪在他大概40岁的时候列出了他最心爱的词:"世界、痛苦、大地、母亲、荣誉、苦难、夏日、大海"。

他们各自区别,但他们归根结底又是一类人,是和大众相区别的一类人,也是和政治精英相区别的一类人。他们的力量主要来自他们创造的观念和形象。

在这一类人内部,天生是要争吵的,但他们还是属于同一个家族,甚至同属于这一个家族中更小的家族——"公共知识分子"的家族。而这个小家族今天正处在有可能消失的过程中。

为什么是萨特?

为萨特的百年诞辰,我已应邀写了两篇文章介绍他,此处不再赘言。作为一个过来人,只想问自己,也问同人:为什么是萨特?当年,在 80 年代初,中国的年轻知识分子为什么更热衷于萨特,而不是加缪、阿隆或其他人?或者把问题再扩大一些,100 年来,中国的知识分子为什么更热衷于从卢梭到福柯、德里达这样一些知识分子,而不是更注意如孟德斯鸠、贡斯当、托克维尔这样一些知识分子?

当然,首先可能是前者在法国以及在西方比后者更有名。他们在西方有多热,往往在我们这里就有多热。其次,他们的名声的确也不是虚幻的名声。他们拥有耀眼的才华和深邃的思想,写出了富有吸引力的杰作。于是,这里就有了另一个问题:为什么在近代乃至 20 世纪,西方乃至中国最有才华、最优秀的知识分子大都激进或左倾?难道因为知识分子都是不满的甚至是批判的,而他们不满自己社会的当道者,就往往树立一个理想的"异托邦"?

但我们还是被他们吸引,这里面一定还有我们自己的一些原因。是我们的文化中一直有过于实用的传统乃至过于功利的一面?是我们一下相信了进化论,且渴望激进和速成?是中国的士人中一直还有狂者的传统?是我们的文化由于缺乏超越精神的层面和基本规则的约束,而最终使我们敢于尝试一切试验和使用一切手段？总之，我们渴望一切能使我们加快速度和全盘改造的东西。

在所有手段中，能够最迅速、最全面改造的手段当然就是政治权力和武装暴力。这里的思想逻辑类似萨特所言："那些禁令被一个个地推翻：战士的武器就是他的人道。因为造反在最初时，必须杀人；杀死一个欧洲人，这是一举两得，即同时清除一个压迫者和一个被压迫者：剩下一个死人和一个自由人。"这里只需将"欧洲人"换成更一般的"敌人"。不仅新的政权，新的人也必须在对敌斗争的血火中诞生，在不断的运动和斗争中诞生。所以，在以暴力夺取政权之后，也还要"继续革命"。

终于，我们经过了百年历练，还是取得了不少成绩，尤其是近一二十年经济的飞速发展。但这是不是如黄仁宇所说，必须经历一个先为现代化解决上层建筑、再解决底层基础的过程，才会有如此的经济斩获？无论如何，中国在激烈的"文革"之后，制度环境转趋温和，经济上也开始起飞，开始跟上了同样也在经历转向的世界的步伐，今天人们的生活也比以前富裕多了。

为什么是萨特？这样一个外来思想接受史的问题，一个能够折射出我们深层心态和政治生态的问题，仍有许多暧昧不清之处。这个问题也许可以联系我们内部的思想政治接受史的一些问题来思考，比如：为什么是鲁迅？在20世纪最有力地影响了中国知识分子思想感情或成为其话语象征的，为什么是他而不是梁启超或胡适？等等。

如何看待世界和我们自己？

用80年代初中国年轻画家的一幅画的题目来描述萨特的突出特点，即"他是他自己"。加缪更多地体现出一种真实的人类的精神，一种尊重人性和人道的精神。而最关注世界、最具冷静的世界眼光的，则非阿隆莫属。阿隆的国际关系理论没有引起人们的足够注意，应该说是一个遗憾。他在这方面有许多撰述，而且多是围绕战争与和平这样一些基本问题展开的。

阿隆"二战"前还在德国科隆大学访学时就写了一些有关和平与战争的文章，后来又有不少专著，如《大分裂》、《连锁战争》、《大辩论——核战略》、《战争与工业社会》等。而最为惊人的是，阿隆数十年来为报刊写有数千篇时评和社论，差不多每周至少一篇，这些文章有不少涉及欧洲时局和国际政治。他在这方面最重要的两本著作是《国与国之间的和平与战争》（1963）和《克劳塞维茨：思考战争》（1976）。施密特批评其书说："我钦佩你精辟的论证，使不可究诘的矛盾现象真相大白。"基辛格评论："深刻、文明、杰出和晦涩。"施特劳斯在一封私人信件中说，就他所知，《国与国之间的和平与战争》是现有的关于这个问题写得最好的一本书。

阿隆最早谈到"铁幕"，指出冷战时期世界性的"和平将不可能，但（世界性的）战争也不大可能"（Paix impossible, guerre improbable）。因此，可以将冷战视作世界大战的替代，而非其准备和征兆。我们今天是不是可以反过来说,世界性的"战争不可能,和平则不大可能"(War impossible, peace unlikely)。我们也许毕竟还是比昨天前进了一步。阿隆总是围绕战争与和平的问题来思考国际政治,优先考虑如何避免战争,优先考虑尽力争取和平的可能性。他说,国际关系有一个区别于所有其他社会关系的特点:它是在战争的阴影下开展的,或者说它本质上包括战争与和平的交替。这种观点继承了古典哲学的传统。古典哲学中常见的一对矛盾是:政治艺术教人在集体内部和平地生活,又教集体(对外)在和平中生活,或者在战争中生活。而国际关系的永久问题是:每个集体首先应该依靠自己求生存,但也应当为各国的共同任务做出一份贡献。国家互相残杀,势必同归于尽。

人生活在世界上,每个人都有一个自我。萨特的自我是狂放不羁的,阿隆的自我是温和坚定的。我尤感兴趣的还有阿隆如何看待他自己,或者说如何在与他人的关系和比较中看待他自己。他在自己的回忆录中说,他和其哲学教师布伦什维格对哲学有同样的感受,不一定能做体系的原创,但还是能做点什么。他说:"在我的青年时代,我有幸同三个无法否认比我强的人结为朋友,这三位朋友,就是萨特、埃里克·韦伊和科耶夫。"他说,今天大概只有几千人听说过韦伊,但韦伊对哲学的了解比他自己更为深刻。尽管最初是阿隆使萨特注意到德国的现象学,但阿隆一辈子都佩服萨特的哲学能力,也许还有文学才华。

他对科耶夫总有这样一种感觉:"如果我提出一种大胆的设想,那么他在我之前就已经完成了该设想的构思。……他对哲学知识了解之广泛、基本功之扎实,也同样给我留下了深刻的印象。"阿隆说:"由于有机会接近高水平的哲学家,我明白自己永远不会成为他们当中的一分子。"

他们三人也都比阿隆自信。萨特25岁就认为自己能够达到黑格尔的水平,韦伊说将由他来完结哲学的发展,科耶夫更认为自己的著作标志了思想和人类史周期的结束。阿隆说他对他们的看法介于赞赏和怀疑之间,"但是,这种赞赏的心情使我对自己并不抱太高的要求,同时也使我不至于对自己的雄心和著作之间的差距感到痛苦","每当我完成一本书之后不久,我就把它抛在脑后了","如果说我不在乎别人对我和我的著作的评价,那并非是我的心里话。……然而,我在20岁时具有的那种过分的敏感已经降到正常值以下了"。

阿隆50年后总结:"看来,我这个人可能没有过于违背这句口号:瞄准最高的目标,最精确地估价自己。"他并且说:"这段话可以作为我的座右铭:对自己不存幻想,努力思考和解释人类最高的才华。"尽管没有上述那样一种天才的自信,他还是坚持自己的思考和写作,而且最终赢得了读者的广泛尊重和信任。他的影响力最后甚至胜过了那些才华超过他的人。科耶夫1945年以后进入政府,希望能对戴高乐、德斯坦这样的政治领袖施加影响,但有一次阿隆和德斯坦见面谈起科耶夫,德斯坦对阿隆关于科耶夫的赞词颇感惊奇。

萨特和加缪都不可能直接从政,最有可能的是阿隆。罗歇·马丁-迪加尔在回忆录中甚至说,阿隆本可成为自梭伦以来最理想的统治者。这大概是言之过甚,但他是否至少可以做基辛格呢?基辛格在赠送给阿隆的回忆录上题词"献给我的老师",还有哈佛的邦迪、罗斯托、布热津斯基都当过国务卿。阿隆坦率地说:如果我是美国公民,这肯定对我是个极大的诱惑。但我仍会及时意识到自己并不具备基辛格那样的才干,光有智慧和判断力是不够的,还要有左右逢源的能力。

我前两年重读完这位已经故去的智者的回忆录,那是一个夕阳西下的时分。他离我已经相当遥远,他写下这些文字的时候不会想到日后在遥远的东方有一个人在阅读它们时所感到的亲切。这是一个老人的回忆,一个欧洲人的回忆——茨威格的《昨日的世界》也是写着"一个欧洲人的回忆"。从总体上说,我可能还是更喜欢欧洲人所创造的文化,其丰富、博大、深刻乃至特别的痛苦和渴望使我怦然心动。我是在人类的意义上,也是在个人的意义上,感受到这一点的。这甚至使我感到痛苦,但我也知道我不可能轻易改变自己。

上帝死了,人是否什么都可以做?

萨特和加缪都被视为"存在主义者",阿隆不在此列。存在主义对世界与个人的一个基本看法就是：世界是荒谬的、偶然的、无根据的、非定命的，因而，人的存在先于人的本质，每个人都必须自己承担起自己的命运，承担起自己的责任。但是，这是怎样的命运和责任呢？

在我看来，加缪的全部思考实际上都是要回答陀思妥耶夫斯基提出的这样一个问题："上帝死了，人是否什么都可以做？"

加缪的荒谬哲学就意味着"上帝之死"。近2000年来，一直是上帝使世界有意义、有条理、有根据甚至有目的，但是，在经历了如此漫长的对"世界末日"、"最后审判"或"千禧年"的等待后，疑问重上心头：上帝真的存在吗？

"上帝死了"的含义究竟是什么？这含义就是荒谬。世界失去了根据，失去了意义。有人用日常生活的尤其是机器时代的烦闷和痛苦来证其无意义，但如果上帝存在，即便是枯燥的日常生活也仍然有意义，痛苦也仍然有意义，关键是要有上帝。自从西方人开始信奉耶稣基督，差不多有两个"千禧年"过去了，然而上帝一直不来。于是，这还不是上帝是否距离我们更远的问题，而是上帝究竟是否存在的问题。上帝一直不来，一直没有任何显现的迹象。

如果"上帝死了"，甚至不是"不在"，而只是"不来"，那人还可以做什么呢？我们是否像贝克特的话剧《等待戈多》中的两个流浪汉那样单纯地等待？或者更严肃地以自杀的方式提问和答疑——但那可能是过于严肃了。我们也可以荒唐地嬉戏,也可以无思无想、无忧无虑地生活,或者也可以反抗,当然有不同性质的反抗。总之,我们不是什么都可以做吗?

加缪对"上帝死了"的描述见于他的"荒谬哲学",而他对"人是否什么都可以做"的回答见于他的"反抗哲学"。他的回答是,不,不是什么都可以做,至少有一件事不可以做,那就是不可杀人。不仅个人不可杀人,集体更不可杀人。不仅不可情欲杀人、激情杀人(那是刑法所禁止的),也不可逻辑杀人,甚至也不可司法杀人(亦即死刑)。他的大部分小说、戏剧、散文、政论、哲学作品几乎都是在讲这一道理,讲这一呼吁:"不可杀人"。

有关世界的荒谬性、偶然性的思想,并不是他全然独特的,而是他和时代共享的;不仅是他和存在主义共享的,也是他和"现代"共享的。就是因为这种思想在各自那里表现的形式不同,有关"不可杀人的反抗"才更多地显现出他的特色。借用桑塔格的一个划分,前者是类似"情人"的思想,后者则是类似"丈夫"的思想。我们这个时代的作者大都想当"情人",而不想做"丈夫"。

然而,在加缪的荒谬哲学和反抗哲学之间,是否有一种逻辑或者非逻辑的必然联系呢?在世界之荒谬、无根据和人类行为之正当、有根据之间,是否还可以有一种关系?两者的关系是完全偶然的、可以分开的,还是的确有一种也许是非逻辑的但仍然是深刻的精神联系?这些问题在加缪那里还是不明确的。确凿的是,加缪的全部创作都是对陀思妥耶夫斯基提出的这一问题"上帝死了,人是否什么都可以做?"的尝试性回答。加缪认为是不可以的。这一否定的回答来自道德的理由,人在道德上有不可以做的事情。这并不是说人要高尚仁爱或拘泥细节,加缪坚持着一种道德的底线,即人不可杀人。这一思想看起来是极其简单甚至肤浅、稀薄(thin)的,但正如沃尔泽所言,它又是"深得要领的"。

人所造成的、人为的死人,有个人的杀人,也有集体的杀人。个别人的杀人虽然在任何社会里都会发生,但无论如何也不可能成为合法的(个人生命处在直接威胁中的自卫杀人不在此列)。而以集体名义的杀人则可能成为"合法的",其中最大规模的"合法杀人"就是战争,尤其是国家之间的战争。"1905年代"所经历的时代正是"战争的时代",是两次世界大战和冷战的时代,是无数外战和内战的时代。战争和暴力被以各种理由试图合理化、合法化。

的确,加缪并不是绝对的和平主义者,他在"二战"时是站在抵抗的第一线的。他的口号是"不做受害者,也不做刽子手"。他写道:我们正生活在一个杀戮已变得合法化的世界,这是一个"恐惧的世纪"。要是我们不希望看到这样的世界,我们就应当改变它。要求人们不再杀戮任何人完全是空想,我们不会愚蠢到希望世界上不再有任何杀人的现象发生,但要求杀戮不再合法化,这如果说是一种乌托邦,也是一种程度很低的乌托邦。我们不再能理智地希望拯救一切,我们只能选择首先拯救人们的身体，以使我们还可以保住未来。这个问题是今天首要的政治问题，我们要确立一个朴实的政治思想，这种朴实的政治思想是一种从各种企盼救世主降临的思想中解放出来、摆脱了对各种人间天堂向往的政治思想。

如果说加缪在《西西弗神话》中主要是考虑荒谬的问题，考虑自杀的问题，那么，在《反抗者》中则主要是考虑反抗的问题，考虑杀人的问题。他说，现在重要的不是追溯事物的根源，而是弄清我们今天在世界上应当如何行动。人是唯一会反抗、会拒绝现在的生活状态的生物，问题是要弄清这种拒绝是否只会把他引向毁灭，一切反抗是否应当以替普遍的杀人进行辩解而结束。当人把绝对的"不"奉为神明的时候，他会杀人；当人高喊绝对的"是"的时候，他也会杀人。我们必须反抗，反抗为压迫确定了一个限度。但反抗者不应是自命有权杀人或对死人毫不在乎的否定者。反抗不是绝对的自由。我们必须超越虚无主义。真正有创造性的革命必须伴之以道德的规则。所有人都应懂得有一个界限在限制着我们。每一个人都对别人说他不是上帝。的确，我们在这里可以看出对萨特的批判，所以，双方的冲突也几乎是不可避免的。而我想，到今天加缪和萨特围绕《反抗者》的争论也许可以盖棺论定了。我认为加缪是对的。

与战争相比，另一种规模较小但更经常进行、看来也得到更强支持的以集体（国家）名义的"合法"杀人，是死刑。加缪非常执拗地让我们直面死刑，努力刺激我们对死刑的想象和反省。他不仅在《关于断头台的思考》中集中思考了死刑问题，在他的其他主要作品中也无不出现死刑阴森森的暗影。如有关父亲与观看死刑的故事，不仅出现在《关于断头台的思考》一文的开首，也以不同形式出现在《局外人》、《鼠疫》中塔鲁的自述以及《反抗者》和他的遗著《第一个人》之中。

萨特在为加缪写的悼文中有一段话还是颇为中肯的，他说加缪"以自己始终如一的拒绝，在我们时代的中心，针对马基雅维利主义和拜金的现实主义，再次肯定了道德事实的存在"。桑塔格的眼光也是锐利的，她说："他从流行的虚无主义前提出发，然后——全靠了他镇静的声音和语调的力量——把他的读者带向那些人文主义和人道主义的结论，而这些结论无论如何也不可能从其前提得出来。这种从虚无主义向外的非逻辑的一跃，正是加缪的才华，读者们为此对他感激不尽。"她认为，在加缪那里有一种道德之美，正是这一点能解释他的作品的非同寻常的吸引力，而这却是20世纪的作家无意以求的一种品性。

心灵的平衡

激情是青年，理性是中年，心灵是晚年。

萨特其实始终是一个喜欢玩火的孩子。但他到生命的最后阶段还是意识到了一点什么，所以，他宁可得罪波伏瓦，也要发表和维克多的谈话。波伏瓦并不完全理解萨特,她和萨特的晚年谈话远不如维克多和晚年萨特的谈话有趣。

阿隆在法国思想界构成了对萨特的一种平衡。他代表政治理性与政治浪漫主义激情的平衡。他思考政治时努力为当事人设身处地,包括为政治家设身处地,甚至"像部长一样思考"。他致力于建设性,总是希望找到解决的办法,而不是追求一把火烧出一片白地的痛快。但这并不是说阿隆就没有激情,他的激情是持久的,是表现温和的,是深藏不露的。同样,这也不是说萨特就没有理性,他处理概念的能力是第一流的,但这种理性是服从于激情的,在他那里是次要的。

加缪的心灵则是激情和理性结合的心灵。这一心灵的平衡其实相当早就已经完成。他在三人中最年轻,而在某种意义上却最成熟。加缪的心灵也是具有历史内容的心灵,即包含希腊人的重视生命和节制、基督教的怜悯和现代的反抗。加缪的心灵是相当古典的心灵,是接近古希腊人的心灵。古希腊人是充满生命激情的,但同时又是相当克制的。他们豪迈,洋溢着生命力,试图尽可能压榨出生命的欢乐,穷尽生命的各种可能性。他们的思想感情虽然有时喜欢走点儿极端,但行为却是有所节制的,同时又是极其尊重法律的。我们甚至在极其强调流变的赫拉克利特那里也仍然读到:"法律是城邦的城墙。"他反对无法无天。而加缪的心灵又是相当现代的心灵,他充分认识到折磨着现代人的噩梦:上帝死了,我们该怎么办?我们需要节制和平衡。所以，加缪倡导一种宽广、平衡和节制的地中海精神。反抗必须和有限度的思想结合在一起。他反对毫无节制的革命，反对流他人血的革命。

使各种炽热和熔点不一的激情平衡——从持续的温情到火山爆发般的激情，从持久努力的热情到瞬间献身的激情；同时也使激情和理性平衡，使激情和经验平衡，使激情和直觉平衡，使激情和信念平衡。如此我们将达到一种心灵，这就是宽广的心灵，在自身中同时包含了不同乃至对立的极端的心灵。我们有时在一个人身上就能看到这种平衡的心灵，例如在歌德的身上。歌德是平衡的天才，是综合的天才。这样的天才会有比较幸福的命运，但这样的天才是很少的。我们常常很难在一个人身上达到这样一种平衡。于是，我们至少希望能在不同的人身上达到某种平衡，在个人与社会之间达到某种平衡。

正是在这样的意义上，我们会在某种程度上甚至赞同萨特的那样一种激情。它在个人那里是偏执的，但在社会层面却构成一种平衡——它对一个麻木的社会、一个太循规蹈矩的社会正好构成一种平衡。这时，这样一种激情实际并不是完全"无用的"，它唤醒了人们，而如果它与唤醒了的人们的理性能有所结合，它可能还将有"大用"。

我们的命运亦即或者在自身中平衡，或者在社会中平衡——在社会中担当一个角色。

事实上，萨特之所以在西方社会、在法国思想界的影响一度如日中天，而对法国社会却没有造成什么流血，正是因为法国的社会是相当法制化的，权利或法（尽管它被萨特鄙视为资产阶级的法权，但他却受到它强有力的保护）的观念是相当强固的。法国1968年5月的风暴像一场狂欢节，其"革命"其实还是相当优雅和文质彬彬的。而如果类似革命或动荡发生在其他国家，就可能是一场浩劫。

大众时代的来临

奥尔特加·加塞特这位在欧洲富有影响的多产作家长期是我们翻译上的一个盲点,这大概不仅因为他是西班牙的一位思想家,还因为他是一位保守的自由主义者。他 1929 年出版《大众的反叛》,对作为"大众人"的社会力量在现代的崛起并占据支配地位表现出深深的怀疑。几年前我曾从台湾携回一本蔡英文迻译的中译本,最近我们在吉林人民出版社的"人文译丛"又推出了由刘训练和佟德志翻译的一个更好读的新译本,希望能引起汉语学界的注意。

加塞特认为,当代欧洲的公共生活凸现出这样一个极端重要的事实,那就是大众开始占据最高的社会权力。加塞特把这种现象称为"大众的反叛"(the revolt of the masses),或如德国社会理论家拉特诺所说:"野蛮人的垂直入侵"。

这里所说的"大众"、"反叛"、"权力"都还需要一些解释。

在加塞特看来，社会总是由两部分人构成，与"精英"相对而言的"大众"是指那些并无自己独立见解的人们，它和下层或劳动阶级的概念并不重合，而人们习惯上认为的上层倒是出现了不少"伪精英"或"伪知识分子"。当然，这也正是"大众时代"来临的一个征兆。加塞特的"精英"概念也不是指出身和地位，甚至也不像帕雷托的"精英"概念那样强调能力和成就，而主要是指那些有自己的独立见解、个性，对自己提出了更高要求，赋予自己以某种使命的人们。当然，天赋和能力、性格的因素可能也还是会在考虑之列。这样的"精英"概念当然就不易从客观上进行判定和研究，它更多地将是一个自我认识和意识的问题——虽然这在实践上倒颇有意义。

现在的问题是：这样一种划分在历史上可能始终是存在的，一个人云亦云的、惰性的、无名的"大众"也始终是存在的，在传统社会也一直是多数，可为什么到了现代社会就出了问题？

在加塞特看来，问题就在于到了现代社会，本来在后台的"大众"走到了前台，就像"惯坏了的孩子"一样试图颐指气使。"大众人"有两个特点：一个特点是由自由权利和工业技术的发展调动起来的各种生命欲望（常常只是物欲）急剧增长；另一个特点是他们同时并不知道这一切是怎么来的，并不知道维持这种发展以及平衡需要怎样的智慧。由于19世纪自由民主和工业技术的长足发展，欧洲的人口也从过去上千年大致都维持在1亿左右而迅速增加了几倍，再加上工业化及城市化，所以，触目所及，很容易就能看到一种可称为"麇集"的现象。

当然，大众所掌握的这种权力主要是一种社会权力而非政治权力，但今天的政治精英必须十分重视他们。过去开明的统治者可能也关心他们，但只是像家长一样关心，而现在的政治精英必须重视他们的欲望和意见，重视他们对幸福的理解和追求。当然，精明的统治者也还是能操纵他们。

加塞特并不是完全否定大众在现代社会的崛起。他谈到大众在现代社会的统治标志着历史水平线的上升，使生活的各种可能性大大增加，使普通人的生活比过去大大改善。人们选择生活的范围是过去所望尘莫及的，而且，人们对攀登"时代高度"的自信心和能够掌握的手段也是过去所远远不及的。现时代感到自己优越于过去所有的时代，超溢出所有已知的富足。但在他看来，我们这个时代的典型特征（也是病症）就在于：平庸的心智尽管知道自己是平庸的，却理直气壮地要求平庸的权利，并把它强加于自己触角所及的一切地方。正是在这一方面，其"野蛮"的特征一览无余。这使人们进入一个"平均化"的时代，不仅财产收入被平均化，文化也均匀地分布于社会各阶层之间。

加塞特则试图强调保持"高贵"。他说，高贵的定义标准是我们对自己提出的要求，即是义务，而不是权利。他引歌德的话说："随心所欲是平民的生活方式，高贵的人追求秩序和法律。"如果说还允许有某种少数人的特权的话，这种特权必须是一种战利品，享有特权的人必须证明自己有能力再度征服它,所以它绝不能依靠出身或荫庇。他反对"子因父贵",而欣赏中国古人通过自己的功名而使祖辈得到封荫的"父因子贵"。任何一种世袭贵族制都摆脱不了循环起落的悲剧,也就是说,贵族的继承人将发现,他所拥有的那些身份、地位及生活条件,没有一样是他自己所创造或挣得的,因此,它们无法构成他个人生命中的有机组成部分。他说,在他的心目中,"贵族"就等于一种不懈努力的生活,这种生活的目标就是不断地超越自我,并把它视为一种责任和义务。这样,贵族的生活或者说高贵的生活,就与平庸的生活或懈怠的生活形成了鲜明的对比。所以,用"大众"来指称这一类人,与其说是因为他们人数众多,不如说是因为他们的生活是懈怠的、颓惰的。

加塞特并没有特别强调"大众反叛"的政治意味,但法西斯主义刚开始在欧洲兴起的时候,加塞特就积极地捍卫自由民主制度,乃至捍卫代议制。他说:"欧洲需要保留其基本的自由主义,这是超越自由主义的必要条件。"他甚至认为,民主政治——不论其类型与程度如何——的健全与否完全取决于一个简单的技术细节:选举的程序,其他一切都是次要的。没有一种真实的选举制度的支持,民主政治制度必将变得虚无缥缈、不切实际。

大众时代正在来临,这并不是加塞特一个人的意见。勒庞说:"我们就要进入的时代,千真万确将是一个群体的时代。"莫斯科维奇则写有一本《群氓的时代》,读者可以参照阅读。

最后也顺便说一下，2009年底前出版的"人文译丛"还有阿巴拉斯特的《西方自由主义的兴衰》、巴里的《正义诸理论》、勒庞的《革命心理学》、帕多瓦的马西利乌斯的《和平的保卫者》，均值得关注政治理论与实践的读者一读。

愉悦与哀伤

克里斯蒂的小说和希区柯克的电影都是我的钟爱，虽然我大概还是更爱克里斯蒂。读克里斯蒂的作品，既有快感，又有哀伤。她的小说差不多都是有关命案，往往都发生在一个封闭的地方：一个孤岛、一列火车、一条游船或者一座远离其他住户的城堡或庄园。真正涉及命案的人物往往是五个以上、十个以下，他们都有谋杀的嫌疑，但最后被揭露的真正罪犯却还是经常出乎人们的意料。她的作品，尤其奇特的是以凶犯自述口吻写就的几部小说（我本来已写下了这几部小说的题目，却还是删去了，以免让还没读过它们的朋友失去悬念带来的兴致）。

凶手的动机常常是金钱，但也有其他非理性却又合乎人性的动机。在这些小说中，主要的破案者是我们熟悉的两位：一位是比利时的私人侦探波洛；一位是生活在乡村里的老小姐玛普尔。这两人年龄都不小了，不仅没有神探亨特、007的功夫，甚至有点笨拙或弱不禁风。他（她）们不是警察局的职员，维护治安不是他（她）们的职业。他（她）们是靠脑子，或者用波洛的话来说，靠"脑子里那点灰白质"破案。波洛喜欢甜食，喜欢听人恭维；玛普尔小姐则总是用她村子里的人来说事。

封闭性在某种程度上反映了人类的处境，而总是有犯罪以及犯罪的动机却反映了人类的本性。所以，书中的破案者不能不老一点，因为他（她）们不仅靠脑子、靠理性，也靠对人性的经验、靠必须积累多年才能老到的对人性的观察和体会破案。

也正因为他（她）们不是警局的人，而是在法律之外的，所以他（她）们倒常常能网开一面，如不揭开自杀的凶犯的某些秘密，或让不很名誉的死者留一点体面。他（她）们甚至常常让有情人终成眷属，让某些死亡反而成为生者的解脱或欣慰乃至幸福的开端。他（她）们在洞察人性的同时，实在是富有对人类的一种深深的同情，包括对人类经常要出轨乃至犯下罪恶的本性的理解、哀伤和怜悯。死亡过后，生活还会继续，虽然未来有些罪恶也还是免不了的。

克里斯蒂的小说是令人神往的，其中就包括推理、猜测给人带来的愉悦。她的作品虽然有我们上面说到的某种"套路"，但仍然是富于变化的，推理相当精密，很少破绽，对话精彩，耐人寻味，虽然开始可能觉得有点沉闷。首先可能是各种人物的出场、谈话，好像和即将发生的案件毫无关系，但已经有一种压抑的气氛。案发之后则是重重的疑云，波洛不断找人谈话，旁敲侧击，他有一个信念，即认为犯罪者往往会在谈话中自我暴露。然后，当别人都还蒙在鼓里的时候，波洛却已胸有成竹，召集所有当事人，说出他的推理过程，最后出其不意地指出凶手。

读克里斯蒂的小说，在愉悦过后，却也时常有一种忧伤，而这忧伤可能同样吸引了我——这忧伤是对于生命的忧伤，不说也罢。但如果仅仅是前一种愉悦，我想她的作品大概不会那么吸引我。另外，她的作品还很干净，无意展览残忍、淫秽和恐怖——但你还是感到一种哀伤。

贵州人民出版社已经出巨资购得版权，推出了克里斯蒂的作品全集。网上还有克里斯蒂作品的中文网站，收罗甚全。喜欢克里斯蒂的读者有福了。

汤尼潘帝

"汤尼潘帝"是大致与克里斯蒂同时的英国推理小说女作家铁伊（Tey，1896—1952）笔下的一个名词，它原是南威尔士的一处地名，传说1910年丘吉尔担任英国内政部部长时，曾派遣军队血腥镇压当地罢工的矿工，"汤尼潘帝"遂成为南威尔士人永恒仇恨的一个象征。但事实的真相其实是，当时派去维持秩序的是首都纪律严明的警察，他们除了卷起的雨衣之外什么武器也没带，唯一的"流血事件"不过是有一两个人流了鼻血。内政部部长且为了这次干预在下议院受到了严厉的批评。在作者看来，类似的事件还有美国独立战争前夕的"波士顿大屠杀"——它其实只是一群人向一个卫兵岗哨丢石头，总共死了四个人。它们都是因为某种政治目的而被过分地渲染和夸大了。

除了民族间的政治或军事动员常常需要这种"汤尼潘帝"，

阶级等其他群体之间的斗争也常常要造出此种具有动员民众的巨大能力的"汤尼潘帝"。它开始一般是相对弱势的反抗者所为，但如果动员者取得了胜利，这种"神话"被纳入成千上万本教科书或其他书籍，为一代代学子和普通人诵读，就可能成为确凿无疑的"真理"。而这时还可能产生一种逆向的"汤尼潘帝"，即为了政治统治的目的而对某些不利于自己的残酷事实轻描淡写乃至绝口不提，从而渐渐使某些本来极大地影响了千百万人生活和命运的事件落入忘川。

铁伊因此质疑"真理是时间的女儿"（The truth is the daughter of time）这一英国古谚。按常人对古训的理解，真理是必将胜利的。即便一些不实和虚妄之词能一时蒙蔽众人，随着时间的流逝，总有一天，事实也会水落石出，真相终将大白于天下。但是，事情其实可能还有另一面，即随着时间的过去，真相越来越隐晦，假话倒成为"真理"。所以，人们的确有必要经常反省自己的知识和信息的来源。

在此值得注意的主要还不是神话的制造者，而是那些接受神话的人们，因为谎言若不被接受实际就等于没说，谎言的力量完全取决于它被接受的程度。困难的问题在于理解：第一，为什么那些明白事实的人当时不抵制谎言？第二，后来听到事实真相的人为什么仍不肯接受真理？当时明白的人不说，可能是因为他们处于少数，面临某种政治权力迫害的危险或"政治正确"的舆论压力。甚至我们可以考虑有些人是出于这样的原因：赞成神话制造者的人想，只要"功成"，而"功不必在我"；甚至为之吞噬的受害者也想，只要"功成"，哪怕"罪归于我"。

这些缘由尚易理解，但为什么许多人在久远的事后仍会顽固地抵制揭示历史的真相呢？这时更多的可能是一种心理习惯。即便谎言制造者自己已经逝去，各种利益的纠缠也不是很重要，这时"拨乱反正"本应没有太大阻力了，但人们的心理习惯却似乎还是会强烈地抵制纠正过去的神话。正如铁伊笔下所言："奇怪的是，当你告诉某些人一个故事的真相时，他们都会生你的气而不是生原说故事人的气。他们不愿违反原先的想法，这会让他们心中有种莫名的不舒服，他们很不喜欢这样，所以他们排斥且拒绝去想。但如果他们只是漠不关心，那倒还可以理解，而他们的不舒服之感却极其强烈而明显，他们是深恶痛绝。很奇怪，是不是？"

这是不是会使我们感到绝望？是不是会使谎言和神话的制造者更相信"谎言只要不断重复，便能成为真理"？乃至使公行的谎言和隐蔽的圣洁各自得其所哉？当然，我们有时可以这样安慰自己：谎言和神话，倒也常常是用了正义之名；倒也常常是在褒善抑恶，只是对象弄错了；在不明真相的人们那里，尤其是后人那里，倒也仍可发挥"善善恶恶"的功效。而那些善名或恶名究竟落在哪些人头上，落得准不准，到很晚的时候也许已不太重要了。但只是具体的人弄错了要不要紧？正义是否能建立在谎言的基础之上？它难道不会因此被扭曲吗？

也许冥冥中还有一种难测的天意，有时的确还需要调动一种信仰的力量。也就是说，相信最终的审判，相信在某种超越的"账簿"上善恶的记录还是分毫不爽，并以此作为秉持真理和正义而行的力量与信念的基础。当然，我们自己能做的事还是尽量自己做，而不是让上帝来做。

法兰柴思

法兰柴思是铁伊笔下的一座古屋,住在里面的是一对母女。她们深居简出,很少和外界来往,似乎就要如此终老于这所老宅子了。这对母女还保留了一种老派英国人的作风,虽然她们其实没有多少钱,但在人们的眼里,"任何拥有含六个烟囱的房子的人就叫富有"(而富人犯罪显然更让人愤慨)。她们几乎一切事都自己动手,和其他人保持着一种互不冒犯各自隐私和尊严的距离——而这其实是最容易冒犯别人的,即便在距离感较强的英国人中也不例外。甚至她俩之间似乎也有一种冷淡,谁有点小病,就自己躲到屋子里待几天,绝不总黏在一起。尤其母亲还表现出一种冷冷的犀利和骄傲的沉着,对一切飞来灾难都敢于承受。

有一天,真的飞来了一桩横祸:有一少女控告她们绑架并鞭打她,强迫她做女佣。警察以证据不足,拟不予起诉。但有发行量甚大的小报以正义之名对其进行了详细报道，并刊出了女孩和老屋的大照片；继则群众通过聚集在老屋周围，乃至越墙、砸玻璃，在墙上刷出"法西斯"的大标语，来表示"义愤"；又有一向坚持人道主义和同情弱者的主教在严肃的杂志上表示深切的同情，还发现了新的"证据"——起诉以至定罪越来越成为可能。

而真相其实是，这女孩因为自己寄养的家庭的大男孩恋爱结婚，而感到自己不再处于关爱的中心，于是跟一生意人搭讪，最后与其双飞到哥本哈根同行同宿，假期回来后想找一个现成的借口向家人交代，便诬这母女俩绑架。恰好又有一些机缘巧合，使人相信了她的谎言。而其中最重要的一个"证据"，却是她天真烂漫的面容和表情，这使许多人非常同情她。但她甚至在被揭露之后仍是一脸无辜和满不在乎的样子。

这会不会是作者的虚构？犯罪有没有一种遗传的因素？看似天真烂漫的少男少女会不会做这样的事？

十三四岁似是一道坎，在此之前的所有孩子都真正是天真烂漫的。而过了十三四岁之后，遗传加环境的因素像突然发挥了作用，使人显出多种差别。虽然极少极少，但的确有那种在"天真烂漫"、十足无辜的表情之后的深文周纳——虽然那心狠也许只是一种对于自己的言行将对别人造成的伤害无动于衷的自我中心，于是个别人说任何谎言都可以"脸不变色心不跳"。

虽然有些犯罪发生或得逞，遗传会起作用，但有时也还需要一些时代的因素。在这个故事中,英国西部最新发展起来的小报《艾克-艾玛》起了很大的作用。这家小报的办报理念是,以 2000 镑的损害赔偿换取 50 万镑的发行量绝对值得。于是它可以用最醒目的标题、最耸动的图片,配上最轻率、最不负责的文字,来报道到手的消息。而即便是英国人,也还有许多人相信,只要是报纸上说的,那就是真的,至少"无风不起浪"嘛。

当然,这种谎言能蒙骗许多人,但还是不能蒙骗一些富有阅历和直觉敏锐的人。谎言若细心追究,总会有许多破绽。在法兰柴思事件中,由于律师的努力,更由于一些好运,真相终于被揭示。

正义胜利了——稍稍有点偶然,但法兰柴思古宅还是被烧掉了,就在这对母女胜诉的前夜。这是一个时代的象征。

有许多好人很安静

人们有时受到别人的排挤和欺凌而感到孤立无援,也许会愤愤不平地觉得:"这世上好人太少。"但他那时可能正好置身于名利场呢,那是一个热闹的地方,也是一个充满倾轧的是非之地。而他如果仔细地观察周围,也许会发现,其实好人还是很多的,就在他的身边,甚至就是他的亲友,只不过他们很安静。当他尽力竞争和拼搏的时候,他们也许就在旁边默默地注视着他。他们也许没有耀眼的才华,没有宏大的志愿,却总在默默地耕耘。他们很多是无名的普通人,只有当他失意的时候,他才会注意到他们。就像罗曼·罗兰笔下的克利斯朵夫,只有当他心灵受伤的时候,他才会注意到他的舅舅,一个平凡的甚至被人瞧不起的小买卖人,但正是其貌不扬的他,使克利斯朵夫从痛苦和虚无中走了出来。

还有一种情况,我们有时看到一些意见,动静不小,声音很大,似乎代表着一种民意,代表着一种正义、理想或政治正确。但即使说它反映了某种"民意",也只是一些人的意见,甚至可能是某些人物运动出来的"民意"。某些喧嚣其实和它们所代表的民意不成正比。要真正发现民意,我们应当更多地去努力体察那些"沉默的多数"。他们常常不是站在台前,不是大声说话。他们更多是做,而不是说。

俄罗斯作家洛扎诺夫也曾写到过这样一些好人,尤其是母亲和祖母们。他甚至写道,全然不是大学,而是善良的、不识字的俄罗斯奶妈们,培养了真正的俄罗斯人。他说:"年老的、可爱的祖母们——请珍藏俄罗斯真理。请珍藏;除了你们,再也找不到能珍藏它的人了。"我们也不妨想一想我们的祖母们,想一想她们纯朴的心,想一想她们的含辛茹苦和坚忍,想一想她们不求回报的慈爱,想一想她们简单朴素却坚定明确的善恶观念。不要嘲笑她们不懂新奇世界的新鲜玩意,其实她们比你懂得多;不要嘲笑她们的小脚,其实她们比你走得远。

洛扎诺夫后来事实上的妻子也是这样的一个好人。他开始和新潮女性苏斯诺娃结婚,但两人都不幸福,长期分居,然而苏斯诺娃始终不肯离婚。在洛扎诺夫35岁的时候,他遇到了因丈夫病死而守寡、带着女儿和母亲一起居住的布加吉娜。两人从此在一起生活,同甘共苦,心心相印,并生有五个孩子。洛扎诺夫在自己的随感中称她为"朋友"、"老伴"、"孩子的母亲",或径直称之为"她"。

她谦虚淳朴,举止高雅,富有同情心。她身上有一种彻底的、平静的、无言的高傲,从来不放任自己,从来不以牙还牙。人家挤她,她就躲闪;人家下流地盯着她,她就避开。她总是给人让路,给人方便。而令人惊叹的是,她在给别人让路的时候始终像个女皇,始终保持着自己的风度和尊严。这样一种言谈举止的美,让人觉得是天生的,是教不会、学不会的。她温柔善良,非常体贴和关心周围的人,包括侍女,感激她们的操劳。当然,她更挚爱自己的亲人。她坚定、明朗,虽然后来长期卧病,但她拖着病体总是在忙,还说"即使到了阴间,我还是要干活"。她爱美,看着阳光下被雨打湿的树叶,她说:"什么能比大自然更纯洁呢?"她很关注和支持洛扎诺夫的写作,但她一向重视的是洛扎诺夫凭自己的感觉写得如何,而不在乎别人如何评价他。碰上丈夫哪篇文章写得好(按她的评价),她会整天都很高兴。

洛扎诺夫与她开始是互相怜悯,互相把对方当作孤儿而爱。后来,洛扎诺夫越来越感到,她在道德上比自己更高。洛扎诺夫甚至写道:"我对孩子母亲的依赖乃是一个没有道德或道德观念淡薄的人对一个有道德的人的依赖。她总是停不下来,总想出去看看,自己走路都困难,却还要回过头来照应我。她对我的这一份永远的关心仿佛天意。""我爱她,如罪孽爱虔诚,弯曲爱笔直,谬误爱真理。"若没有和她的爱的全部故事,"我的生活和个性会多么贫乏啊!一切都将是一个知识分子空洞的意识形态。而且，不错，一切都会很快夭折"。

当然，好人也不都是一样的。洛扎诺夫比较了自己的老伴和她的母亲（外婆），说老伴比较有人情味，比较脆弱、热情、多姿多彩，富有洞察力，心里优先关注的是自己的家，渴望个人的爱情；而外婆比较坚强、冷静、大度，关心社会，心里总是装着"街道"、"周边地区"、"我们的教区"，对那里的一切都感兴趣。

的确，还有一些好人很轰动，很知名，很有能力。他们有一种正义感，面对冤屈能挺身而出，如伏尔泰和左拉。但也许更多的好人是安静的。去发现她（他）们吧，赞美她（他）们吧，当然，发现她（他）们的一个条件是：你自己也想做一个好人。

循规蹈矩是因为谦卑

生活在19世纪与20世纪之交的俄罗斯作家洛扎诺夫在他的《落叶》中写道：当"规矩"、"律法"压在当时的宗教界人士身上时，他们动都不敢动一下。这不是保守主义，而是谦卑；不是僵化，而是害怕——害怕为别人在另外一些不大清楚乃至不大光彩的地方破坏了某一条"规矩"，从而遗患无穷。规矩一旦被废除，便只剩下一己之"良心"，但假如这不是使徒保罗的良心，而是安东尼们、尼肯们、谢尔吉们、弗拉基米尔们、康斯坦丁们的"良心"呢？于是世界摇摇欲坠。假如保罗在世，他会一如既往，褒贬扬弃全凭本心。但如保罗一样的才能是百年不遇的，而现在的宗教界人士已经谦卑地意识到自己是太不神圣了，太弱小了。

古代中国人是否也是这样，甚至更谨慎些？即便后人尊之为"圣人"的孔子，也说自己是到了70岁生命将终结的时候，才达到了"从心所欲不逾矩"。中国的儒家一向被认为有一种保守的性格,过分拘泥于"礼",是否我们也可以这样说:这在其创始人那里并不是因为保守,而是因为谦虚,之所以如此,是因为他认识到个人都有一种局限。"生而知之"的天才是极少有的,连孔子也不自许,而以"学知"自况,后人则更多是以"困学"自勉。

有时候一个人的个性实在是太狂放了,就只好与他人保持距离,甚至隐居。有一种隐居者是自傲者,还有一种隐居者是自卑者,或者同时是自傲者和自卑者。总之,他们和周围的人很有些不同,但又不可能完全离世,他们做不了神灵和国王,也做不了野兽和蝼蚁,就只好做隐士——山野或人群中的隐士。

如果一个人不仅对一己,对整个人类都感到有些绝望,那就只好祈祷。祈祷发生在人觉得自己无能为力的时候和地方。因为如果具体到每一个人都有局限,人类自然也会有一种局限,虽然这后一点认识在中国并不被强调,所以,我们说"谦虚"而不说"谦卑"。

换言之,在一种有自觉意识的"循规蹈矩"中有对人性的深刻认识,而它本身也并不是完全消极的,还有隐忍、等待和希望。如果对整个人类也不敢自信和自足,就可能有超越自身的希望。一个外表循规蹈矩的人,可能是一个内心非常丰富甚至狂乱的人,但那些风暴都发生在他的心里。人可以往另一个方向努力,甚至"撒点儿野",但用一句再俗不过的话说,他还是不妨从"循规蹈矩"做起。我们有时候也很欣赏狂放的高人,尤其是作为艺术家、思想家的高人——不过,他们最好不要是政治家。我们也会说,名教岂为此辈所设?但我们清楚自己不是"此辈",而且这样的天才也常常伴随着迫害、疯狂或毁灭。究竟你想要哪一个?这是一个选择的问题,甚或只是一个性格及命运的问题。

对"规则"被破坏的担心,世世代代都有。而一种"诚惶诚恐"的感觉,则是生活在"规矩大坏"的乱世所致。如生活在春秋末年的中国的孔子,或生活在20世纪初的俄罗斯的洛扎诺夫,他们处在乱世将临或乱象初萌的时候,既感到将天崩地析,个人又相当无能为力。他们或知其不可而仍努力为之,只是秉持一种信念而行。

一般人平时循规蹈矩则常常是因为习惯,他们正好生活在这个地方,从小就是这么听人说的,从小也是这么做的。"循规蹈矩"还有一种成本较小、使人省力的意义,尤其是和人打交道,彼此来往,相互能有一个稳定的预期。然而,当本来可以引人注意或不在乎别人注意的人,大都不得不以自己惊世骇俗的行为引人注意的时候,这个社会就有祸了。

行为"中规中矩",当然不是说要做一个谨小慎微的人,儒家照样有豪杰。即如孔子的弟子子夏也说"大德不逾闲,小德出入可也",重要的是为他人计,为社会计,甚至也为自己计,有一种和众人一样遵循基本规则的意识和愿望。

无告者的声音

莫泊桑的小说大都短小精致。你会吃惊，在仅仅几页的篇幅里，他就能给你展现一个精彩的故事或者人物。就像他的一生，也是短而精致，他只活了43岁，但给我们留下了6部长篇小说、306篇中短篇小说和3部游记。

今天是圣诞节，外面有雪，使节日的气氛更浓重了，孩子们喧闹和欢笑着。我在家里读莫泊桑的小说。莫泊桑写到一个"穷鬼"，他是一个弃婴，15岁的时候被一辆大车碾断了双腿，从此就只能拄着双拐求乞。除了周围的三四个村庄，他不敢走远。他害怕外面陌生的世界，尤其害怕大路上成对走着的宪兵。当他远远望见他们，便会很快从木拐上出溜下来，跟一堆破布似的落在地上，把身子缩作一团，变得非常小，而他那一身棕色的破衣服也跟土的颜色不相上下，简直就看不见他了。

他老是在周围这几个村庄乞讨，人们已经烦他了，什么都不给他。12月的一天,天气阴冷,他已经两天没有任何食物下肚,又奔波了许久,再也走不动了,就出溜到一个农家院子的一角,像是要等候一种神秘的援助,但什么也没有。突然,他看见了一群鸡,他的手还很灵活,他丢出一块石头打死了一只。他想用火来烤,却被鸡的主人发现了,于是他被众人一顿殴打。他流着血,饿得要命,而宪兵也被叫来了,把他带到镇上。他一句话也不说,因为他已经弄不清楚发生了什么事,思想已经混乱,况且已经有那么多年没跟人说过话。他被丢到牢里。第二天当宪兵要来审讯他时,看见他已经死了。"多么出人意料啊"——谁都没有想到,他也要吃东西。

　　莫泊桑也写到一个瞎子,他是一个乡下人,父母在世时还有人照看他,可两老一去世,尽管他姐夫把他那份遗产夺到自己手里,却连汤也舍不得给他多喝。他是不是有智力,有思想,甚至有感觉?是不是对自己的生活有清醒的认识?谁也没想过这样的问题。凡是失明能使人想到的残忍的恶作剧都被想出来了,尤其是在他吃东西的时候,人们把小猫、小狗放到他的食盆边来作弄他,故意给他塞瓶塞子、木头、树叶甚至垃圾。还是在一个冬天,下着大雪,他姐夫一早把他带到很远很远的一条大路上求乞,他再也没有回来。初春解冻的时候,人们发现一大群乌鸦在平原上空不停地飞翔,时而像一阵黑乎乎的雨点集中落在同一个地方,人们在那里发现了瞎子残缺不全的尸体。

　　莫泊桑的故事也使我想起我小时候遇到的两个人。一个是瘦骨嶙峋的长身少年，他成分不好，地主出身，父母又死了，他就帮别人打打杂，有一顿没一顿地吃点东西，睡在一个牛棚里。他曾经给小孩子们做过精致的风筝。后来有一阵他不见了，听说是病死了，但谁也说不清病因，也几乎没有人再提起他。另一个，人们叫他"保根癀子"，他在我读书的镇上很出名，有时遭到人们作弄，就气得边在街上走边口吐白沫地大叫，这时还会有一些孩子躲得远远地用石头投掷他。也是在他未出现很久以后人们才说起，他大概也是死了。

这是一些最弱势者，一些哀苦无告者，他们甚至已经发不出自己的声音。我们在莫泊桑的笔下感到了对这些最弱势者最强烈的同情，他使他们留下了自己的足迹。还有几位如短篇小说名家契诃夫、欧·亨利也是如此。我们要感谢这些使喑哑者"说话"的作者。

莫泊桑的故事发生在他生活的19世纪下半叶，离揭橥"自由、平等、博爱"的法国大革命已近百年；我看到的那两个人是在20世纪的60年代。这样的悲剧的发生有普遍穷困的问题，也有导致冷漠甚至残忍的观念问题。历史名家巴尔赞在其巨著《从黎明到衰落：西方文化生活五百年（1500年至今）》中说，现在不会有在疯人院周围哄笑取乐的闲人了。在我们自己的祖国，情况肯定也有了改善。但是，在今日的大雪中，是不是还有无家可归的人们呢？无论如何，莫泊桑的小说提醒我们：还需要更仔细地聆听那很容易被欢乐声盖过的微弱的悲惨之声。

同情的危险

十多年前，我读到过一份内部材料，里面讲到一个香港老板的儿子不争气，花天酒地，老板自己实在管不了，就把他送到内地来，希望能换一个约束性较强的环境而使浪子回头。当地的一个女孩始则强烈地同情他，继而爱上了他，和他结了婚，希望能用自己炽热的爱情感化他，改造他。开始这位公子的确有些改变，当地的媒体很快就将其作为样板予以宣传报道，当然，用了不少颂扬的词来渲染、拔高，并将这功劳归于我们的制度优越。但是，不久这位公子又回到老路，甚至变本加厉，辱骂和殴打劝阻他的妻子。这个女孩竭尽全力之后仍一筹莫展，整日以泪洗面，又碍于已有的"典型"宣传而无法离开他。

后来，我在课堂上曾讲起这个故事，讲到同情变成爱的危险，讲到爱能创造许多奇迹，但并不是所有奇迹，尤其是在涉及人的本性的时候。一个人年轻的时候很容易过分相信爱情的力量，相信自己的力量。我们需要同情，乃至使自己的同情变成行动，但是在托付终身的事情上却不能不谨慎。我们还需要分析自己的感情，究竟它是真正的爱，还是只是强烈的同情。而即便是爱情，也可能发生变化，尤其是一种筋疲力尽的爱，就像哈金的小说《等待》所述：一种爱情似乎在追求中已经耗尽了自己，以至最后得到的时候发现目标满不是那回事。

　　以上是一个因同情而主动去爱对方、因同情而献身的实例。在茨威格唯一的长篇小说《心灵的焦灼》（又译为《同情的罪》、《爱与同情》等，英文是 Beware of Pity，直译是"提防同情"或"小心同情"）中，则讲述了一个因同情而引起对方的爱，最后却因退缩而造成悲剧的故事。不过，这里的同情者是一个男性，我们在此又一次看到两性之间的差距。这两个故事的主人公也许同样有失误，却是不同的失误。茨威格小说的男主人公是一位年轻的骑兵军官，他经常到驻地的一个富有人家做客，很同情主人的独生女——一个双腿突然因病致残的女孩。但后来他突然发现那女孩爱上他的时候，他犹豫了，害怕了，想逃离开去。而强烈的同情、怜悯和柔情，又时常将其拉回，因为这女孩有一种极其敏感而又激烈的性格。后来在一个医生的鼓励之下，在医生告诉他再坚持几天以将她转到一个疗养院时，他又开始和女孩积极地来往，以至最后走向了订婚。这时，他又一次退缩了，逃离了，仓促间向别人否认了已有的订婚。但他马上又意识到了自己的卑鄙，决定自杀。被上校阻止后，他最终决心完全承担起自己对女孩的责任。然而,这时已经晚了,那女孩已经跳楼自尽。

这位年轻的军官曾经如此描述过同情带给他的全新感受:"仿佛匆匆一瞥别人的痛苦,我的心里便展开了一只更加目光犀利、善解人意的眼睛,我到处看见各式各样使我沉思、使我兴奋、使我受到震撼的事情。……自从我在这个无援无力的姑娘身上体会到了弱者的痛苦,每一种残暴的行为都激起我的仇恨,每一种无援的状况都引起我的同情。……我对自己说:从现在起,尽你所能,帮助每一个人!再也不许无精打采,再也不许麻木不仁!献身的同时,自己也会升华,把自己和别人的命运结合起来,通过同情去理解并且经受别人的痛苦,自己也会内心丰富。"

但是,同情也是一柄双刃剑。负责治疗那位姑娘的医生,绝不说"不可治愈"、绝不言"放弃"的康多尔,以自己的经验告诫这位年轻人:对患者来说,同情只在一开始是灵药,如果不及时停药,它就可能变成凶险的毒药。所以,人得好好控制自己的同情心,在介入某件事情之前必须三思,先看看自己到底能走多远。

同情看来有两种:一种其实是怯懦的感伤,是心灵的焦灼,一旦要承担责任的时候,就想赶快撤出;还有一种才是真正的同情,它毫无感伤的色彩,却富有积极的精神,对自己想要达到的目标十分清楚,它让人下定决心耐心地和别人一起经历磨难,直到力量耗尽,甚至力竭也不歇息。

换言之,真正的同情,或者说确实能产生有益效果、真正提升同情者与被同情者心灵的同情,必须注入理性和承担责任。从人与人的关系着眼,我们也许可以区分出三类同情:第一类是特殊的个人关系中的同情。这种同情是对自己相当熟悉或亲近的特定对象而言的,它会表现得相当强烈。这种同情常与爱情、亲情或友情糅合在一起。在这种同情与两性的爱情之间,其实也不是不存在通道,有一些爱情的确就是从一种温柔的同情、一种深刻的心疼发展而来,有时甚至在同情与爱之间难以分辨。在此,一种深深的柔情也许起着主要的作用,但理性和责任也是必要的,否则,盲目狂热的或不负责任的同情就可能毁掉对方,乃至毁掉自己。

第二类同情则是个人的一般关系中的同情,例如工作关系中的同情。有一些职业,例如医生、护士、法官、律师,由于是和各种不幸的情况打交道,就特别需要有一种同情心。因为这类职业接触的苦难太多,反而容易使人变得麻木。但它同时又特别需要一种理性和责任,否则,滥施同情不仅于事无补,反而可能造成悲剧。

第三类同情则是社会或制度关系中的同情,亦即在制度建设和政策制定中贯彻一种普遍的以人为本的人道精神。这就首先需要政治家们既要在内心深处保留一种真正的对其治下人们的痛苦、困难、障碍、挫折的关切之情,同时又能有充分客观的理性和高度的责任感，考虑制度、政策可能造成的后果，顾及人们的长远利益和全面利益，从而切实地使"不忍人之心"化为"不忍人之政"。

我爱读的几种西方典籍

西潮东渐以前,中国的学者曾有"读尽天下可读书"的抱负,现在我们大概只能选择自己最想读或必须读的书来读了,"弱水三千,我只取一瓢饮"。但究竟哪些书是自己读过之后感觉最爱读的,却不是一个容易回答的问题。我想还是就人来说书,回想一下我的读书生活,除去有专著或专文谈过的帕斯卡尔、陀思妥耶夫斯基、梭罗等人之外,近十年来我最爱读、学术上也颇得力的西方典籍大概是以下三个人的:

托克维尔的两本书。一本是《论美国的民主》,一本是《旧制度与大革命》——以下我将这两本书简称为《民主》和《革命》,而读者马上会看到,这正是我们时代的两个关键词。托克维尔是现代性的深刻的把握者和预见者。他指出平等和民主的潮流势不可挡,是世界进入现代社会的一个基本标志,而革命也常常在所难免。有时是民主先行,革命后进,民主走慢了,革命就超越它；有时则是革命直接代替民主。平等的观念已经深入人心，这一观念是近代留给西方，也是20世纪留给中国的巨大遗产，它也许会陪伴或引领人类走到历史的终点。而托克维尔的过人之处，是他既能够深刻地同时察觉和分析民主的优越和弊病、民主的灿烂和暧昧，也能够同时感受到旧制度和大革命的各自意义，以及两者之间深藏的相互联系。

托克维尔的方法和风格也颇使我喜欢。他的两大卷《民主》是建立在对美国的实地走访的基础上的——虽然只有九个来月！而薄薄的《革命》一书则翻阅了大量的原始档案，这都是道地的为现代学人所推崇的方法，然而，书中却不见大量的引证和专门概念。他的风格是洋洋洒洒，生动有力，好读，且充溢着深刻的睿智，乃至热烈的感情。

康德的伦理学著作。康德的书不是很好读，却很耐读。只要用心，应该说康德的伦理学著作比起他的纯哲学著作还是相对容易进入的，而且，作为一种弥补，我们特别需要关注康德的这一面。在这方面，除了著名的《实践理性批判》、《道德形而上学基础》这些具有哲学基础意味的著作之外，还有包含了法学的《道德形而上学》，包含了史学的、可以名之为《历史理性批判文集》的一组文章（其中著名的一篇是《永久和平论》），以及他早年的《伦理学讲演录》等。眼光宽泛一点，还可以包括含有许多对人性的精辟分析和观察的《实用人类学》，以及探讨人类根本恶和内心斗争的宗教哲学著作。

无论是赞成还是反对，近代以来的伦理学和认识论、美学一样，看来怎么都绕不过康德。思想史上有两种富有意味的思想：一种是较偏向批判性的，一种是更具有建树性的。康德的思想却同时兼具两者。康德试图为"脱魅"的现代社会的道德和政治提供一种普遍主义的理性基础。既然"神圣已去"，我们还留下什么？我们还可以指望什么？伦理学到了康德这里有了一个重大的转折，即从以人格、德性、幸福、善为中心，转向以原则、规范、义务为中心。自此，康德式的伦理学和功利主义的伦理学互相争论、交迭消长，成为现代社会伦理学的两种主要的建构性形态。

柏拉图的对话。这是我目前正在读的书。对话这种形式今人已经不大喜用，也不大能用了，而柏拉图的著作几乎全部都是对话。列在柏拉图名下流传至今的对话有35篇，估计全部译成中文有100多万字。我最感兴趣的有以下几组：一组是有关苏格拉底最后生活的，即展示苏格拉底在被起诉后的《尤息弗罗篇》、在法庭上的《申辩篇》、在狱中的《克利托篇》和就死之日的《斐多篇》；一组是直接有关伦理学论题的，如讨论政治道德的《高尔吉亚篇》、讨论节制的《查密迪斯篇》、讨论勇敢的《拉黑斯篇》、讨论德性的《曼诺篇》等；还有一组是柏拉图形式上最富戏剧性、内容也最深邃和宽广的对话，有探讨什么是正义、什么是最好国家的《理想国》，有探讨美与爱的《会饮篇》和《斐德若篇》等。后来柏拉图的著作就转向一种比较冷峻的智慧了,例如《法律篇》。为什么要读柏拉图?我还不能充分有把握地回答这个问题。我只能说,我深深被其吸引,我正在努力读他。

再看一下上面列出的自己爱读的这些书,如果说有什么共同点的话,一是它们都是属于过去的、19世纪以前的经典;二是它们的领域都是宽广的:托克维尔把政治和历史结合在一起;康德的伦理学不仅横向地与法学、政治学紧密联系在一起,还纵向以及垂直地与历史、宗教联系在一起;柏拉图的著作更是如其名字一样宽广("柏拉图"在古希腊语中的意思就是"宽广"),其对话不仅包含了哲学本体论、认识论、逻辑学、伦理学、美学,还有政治学、经济学、法学、教育学、修辞学、心理学、社会学以及历史、神话等。他们都不仅仅是一个领域里的专家,所以也应该可以为许多不同领域里的读者阅读。

最后还想说一点,我想,这些书都体现出一种非凡的文学或文字的表现力,甚至在常被认为艰深晦涩的康德那里也是如此。我甚至认为,这种文学的表达力是所有大师在某种程度上都具备的能力——虽然表现风格可能很不一样。我们有时因为缺乏其他专业领域的知识,不好判断作者专业能力的高下,那么,一种文字乃至文学的表现力也许可以成为一个判断的标准。而重要的还在于,作为读者来读这些书,我们不仅可以有一种思想和知识的训练,还能获得一种美的愉悦。

我与俄苏文学

在我 40 多年的阅读经验中,俄苏文学占了其中较大的比重。我对它甚至可说是情有独钟,而它对我的思想也产生了远超出这一阅读比重的影响。我在这方面的阅读可分为三个阶段:第一个阶段是在 20 世纪 60 年代,这一年代主要是阅读苏联的小说或儿童教育作品;第二个阶段主要是在 70 年代,我由阅读"文革"中内部发行的苏联作品扩大到了"文革"之后终于能大量接触到的 19 世纪俄罗斯文学;第三个阶段是在 90 年代,我重新发现了陀思妥耶夫斯基,并开始将这种阅读变为一种研究。

我与俄苏文学的缘分大概从我开始能读书不久就结下了。在 60 年代中,我一边注意到神色凝重的大人们在阅报栏看批判"苏修"的《九评》等文字,一边在背地里狂热地读苏联的文学作品,像《真正的人》、《青年近卫军》、《日日夜夜》等。写到这里,我突然发现,给我印象很深,且我迄今仍认为很好的作品，多是描写苏联卫国战争时期的作品。那次战争倒像一股清新的风，暂时中断了内部意识形态和权力斗争的严酷，在面对民族危亡时使一些过去的精神开始恢复和凝集，焕发出一些美好的情怀和斗志，也使人们重新意识到生命和家园的宝贵。我印象很深的还有《卓娅和舒拉的故事》，比如其中写到的蓝色火焰的篝火晚会，以及舒拉第一次为西伯利亚原始森林的美所震惊等情节。可是，这些作品中的人道主义和美的成分很快就在"文革"中遭到严厉的批判。

70年代可分为两期。"文革"中还是能看到《列宁在十月》、《列宁在1918》等电影的，这两部电影，我和我的同龄人不知看了多少次，几乎能随时进入角色的对话和演讲，并因听说还有《列宁在1919》而翘首以盼。"文革"后期已可设法弄到一些内部发行的作品，我记得读过《多雪的冬天》、《你到底要什么？》、《摘译》等，那时已可感到苏联社会面对西方文化进袭的一些反应和变化。而即便在被认为是顽固的左派"御用"作家柯切托夫那里，我读他较早写的《茹尔宾一家》、《叶尔绍夫兄弟》，也还是能感到他早期对人及其能力的发展以及对美的追求的关注。那时读到鲁迅翻译的《毁灭》、他编校的《铁流》等，倒没有留下多少印象，只是感到其中的革命主人公和我们样板戏中"高大全"的英雄形象很不一样。

1978—1979年，又开始能大量接触外国文学了，而我那时读得最多的还是俄苏文学，并开始有意识地从20世纪苏联文学追溯到19世纪俄罗斯文学，比方说从读阿·托尔斯泰的《苦难的历程》三部曲，转到读列夫·托尔斯泰的几部长篇小说，还有莱蒙托夫的《当代英雄》、屠格涅夫的《罗亭》等长篇以及契诃夫的短篇等。这种阅读是真正的享受，乃至现在我读到自己当时写的大量的读书笔记都不禁感慨系之。到80年代，更多的是读欧美其他国家的作品了，但也断断续续地读了苏联时代的一些禁书，像《日瓦戈医生》、索尔仁尼琴的作品等，还一直喜欢普里什文的文字。

到90年代中期，我深深地被陀思妥耶夫斯基吸引，读了他几乎所有被译成中文的作品。这次的兴趣主要是思想的、哲学的，而非文学的、审美的。所以，在读文学作品的同时，我又读了别尔嘉耶夫等人的思想和哲学著作，并写了《道德·上帝与人——陀思妥耶夫斯基的问题》一书。为此，我也比较系统地浏览了俄罗斯19世纪从黄金时代到白银时代的文学作品。

最近，为了补充和修订《道德·上帝与人》一书，我又在重新阅读俄罗斯文学，尤其是托尔斯泰与陀思妥耶夫斯基的作品。我也在想，为什么我会如此喜欢俄罗斯文学？的确，阅读俄罗斯文学，常常不会使人快乐，而是让人觉得沉重、忧伤，甚至有人说，"谁喜欢上俄罗斯文学，谁就有祸了"。俄罗斯文学和现在流行的许多让人快乐、成功的欧美畅销书的这一不同，茨威格早就指出过了。的确如此，无论谁在思想情感上始终沉浸于俄罗斯文学，可能都是难以忍受的。但为什么还是有些人宁愿不放弃或至少不完全放弃这忧伤？

现代人的古典启蒙

中国与西方的启蒙运动有一点很不同的是：西方近代的启蒙是从认识古典世界、接上古希腊罗马这条线开始的，而中国近现代的启蒙却长期具有反传统、与2000多年的历史文化断裂的特点。所以，普鲁塔克的《希腊罗马名人传》虽然要比马可·奥勒留的《沉思录》早几十年写成问世，据说奥勒留读到它也是爱不释手，但和《沉思录》的命运一样，它在中世纪的西方也不太流行。这本用希腊语写成的大书，到近代早期才被陆续翻译成意大利语、法语、英语、德语等欧洲主要语言，不过，之后它很快就成为近代西方认识古典世界的一部主要的启蒙书。它在近代以来的300多年间对欧洲文化产生过重要影响，曾是文、史、哲、政的思想和灵感宝库，对拉伯雷、蒙田等也产生过巨大影响，莎士比亚等许多剧作家的历史剧即从中取材，培根、卢梭等思想家也曾为之心醉神往，拿破仑等政治家受到的激发更不待言。

　　从人文的角度看，古希腊、古罗马的鼎盛期都是伟大的时代，而《希腊罗马名人传》记录和比较的就是这样的时代中的伟大的人们。它和司马迁的同样追怀先人、笔力雄健的纪传体史书《史记》颇有可比之处。这些传主们诚然有事功的高低甚至成败，但都曾在历史的舞台上叱咤风云、赫赫有名。而作者更注意的也是他们伟大的一面而非庸俗的一面，较为良善的一面而非恶劣的一面。这也是一种古典精神，作者本身就是古典世界中人。而今天却有一种把所有人都拉平的特点，且不是往上提的拉平，而是往下拽的拉平。写名人并不一定就会成为名著，如果作者注意的是那些猥琐的事情，即便传主再伟大，作者的渺小也会使其著作不堪卒读。我们也许可以改换目光，更多地注意他人身上良善的东西、伟大的东西。就像文艺复兴时期的人们追念古代世界的巨人，而他们中的一些人本身也成了巨人。

　　古典的精神，或可再举一例。在伯里克利的传记中，当安提西尼听说伊斯门尼阿斯是个极好的吹笛手时说："他是一个可怜虫，才会成为优秀的笛手。"腓力更是对自己弹琴弹得非常好的儿子说："你弹得这么好，不觉得惭愧吗？"此即所谓"君子不器"。古人认为不同的事情有高低不同的价值，而不同的人也有能力和身份的差别，所以应当有所区别地择业。在一件低级的工作上花费过多心血，正好说明对崇高的事情漠不关心。而在一个古罗马人看来，最有价值的自然还是政治，但那不是所有人都力所能及的，而德行却是所有人都力所能及的。有些精致的产品使我们赞叹，但我们并不会因此仿效制作者，而德行不仅其结果使我们赞叹，作为其体现者的人更是我们应当崇敬和仿效的对象。

然而，《希腊罗马名人传》在19世纪以后的影响却走向了衰落。这是为什么？那正是物质主义大幅兴起的时代，人们对英雄人物不感兴趣了，甚至有一种反精英的倾向。这有一定道理，尤其对现代政治人物，对那些"伟大光辉"的形象，我们不能不特别抱有警惕。但我们最好还是不要慢待了那些本身也曾受苦受难的心灵伟大的人们，就像罗曼·罗兰于20世纪初在他的《名人传》中写到的："猥琐的物质主义压抑了思想……打开窗子吧！让自由的空气重新进来！让我们呼吸英雄的气息。"

文艺复兴时代尚是巨人的时代，但现代人越来越淡忘了古典。如果先前是"神"遮蔽了人，现在则是"人"遮蔽了人，是我们自己在遮蔽自己。还有没有可能让这本书重新成为现代人的古典启蒙书？我们的"启蒙"可能一直有一个误区，似总以为今人开明而古人蒙昧。我们也许明于现在，紧紧抓住现在，却常常昧于过去，也昧于未来，而过去、现在与未来其实是一个连续的过程。我们也可能明于事，却昧于人，尤其是昧于那些精彩的人。古人与闻嘉言懿行往往从风兴起、见贤思齐："大丈夫当如此也"，"真豪杰当若是也"。所以，今天我们有理由庆贺这样一部巨著在中国的到来，虽然它有些姗姗来迟。

相伴二十年

我开始翻译古罗马皇帝马可·奥勒留的《沉思录》是在1987年的11月,那正是我的祖母刚去世的日子。她不识字,一生的主要生活范围只是在方圆数十里之内,认识的人大概也不过百人,却拥有一颗纯朴博爱的心和一种独特的人生智慧。所以,尽管她是以92岁高龄辞世,亲友们心里还是有一种久久的沉痛。是翻译《沉思录》渐渐抚平了我心中的悲伤,也使我更深地意识到,德性比知识更可贵,或者说,有一种知识即德性,而这种知识主要不在书本。

翻译是一种细读。后来我也时常回到这本书,翻阅其中的段落。无论是社会的风波还是个人的不幸,我都能从中读到一些让我的心灵沉静下来而继续努力的句子。它像一个忠实的老朋友,从来没有让我失望过。

最近我又为编写一个有关它的品读本而在一段时间里沉浸

其中。这段时间正是四川发生大地震之后的日子，我待在乡下，和世界似乎有些隔离，但心里还是揪紧不安，这本书又一次给了我巨大的安慰。

这本书为什么如此吸引我？我这里只想指出奥勒留思想所表现出来的精神及品格上的四个特点。

第一是一种理智的诚实。斯多葛派是理性主义者，但并不是现代意义上的试图通过理性来解释和解决一切问题的理性主义者。到了罗马的斯多葛派哲人这里，这种理智的诚实更表现为理智探索范围的缩小，他们不愿过多地探究不能确凿把握或知悉的东西。他们甚至缺乏一种对未知世界的强烈好奇心，也没有激情和想象来加强他们的求知动机、扩大他们的欲知范围。他们努力在人能确切知道的东西和不能确切知道的东西之间划上一条明确的界线，而他们主要是关注他们能够确切把握的东西，这就是自身的德性及其训练。这种理智的诚实还特别表现在对死后灵魂和神灵的探究上。他们坚定的理性主义限制了信仰的渴望。

所以，我们看到，在《沉思录》中，在没有把握的情况下，作者并不多谈死后，不打探来世，不讨论灵魂不朽，当然更没有死后的赏善罚恶、天堂地狱或者来世的因果报应。奥勒留经常谈到神意、神性，但对神灵的存在及如何存在其实谈得很少，他只是按自己的理解大略地肯定神灵的存在，并在星空尚未被自然科学"脱魅"的情况下，认为神灵是以某种星辰的形式存在的。他并不去仔细地分辨神灵是一还是多，是人格的还是非人格的；不去过多地探讨神与人的关系究竟是怎样的。他只是大致地满足于他感觉到的自然界的神意和人身上的神性，而这种神性其实也是一种普遍的理性。但是，他也绝不否定神的存在，以及某种天意与人的德性的必然联系。

第二个特点是平衡的中道。从中道的角度观察，思想史上可以看到两种发展或演变形态：一种是由中道到极端，从中和到分化。如孔子是相当中和、中道的，后来则有内圣和外王两派的不同发展。相当具有综合性的苏格拉底之后，也有向大苏格拉底派和小苏格拉底派两个方面以及在小苏格拉底派中向快乐主义与犬儒派两个极端的发展。还有一种发展则是由极端到中道，比如说从犬儒派发展到斯多葛派。犬儒派的思想行为更趋极端，甚至其中有一种有意如此以引人注目的因素；斯多葛派却渐趋中和，比如说它不再刻意强调睡木桶、穿破衣等自找苦吃的行为，而是比较顺其自然，但心底其实是更为淡漠地对待外物。这一点我们在奥勒留《沉思录》第一卷中提到的几位斯多葛派哲人及他们自身的行为方式中可以看得很清楚。在对待物欲方面，他们绝不纵欲，但也不禁欲，只是自然而然地节欲。这是从心底更看轻这些外物，也是要更专注于自己的精神。他们平时的生活和行为一如常人，并不炫人耳目，然而，不管外界发生什么变故，他们始终坚定如常。

这就把我们引到奥勒留精神品格的第三个特点：温和的坚

定。他不仅用理性和意志节制自己的欲望，也用理性和意志控制自己的激情。他始终是温和的，甚至可能让人觉得冷淡。斯多葛派哲人对自己的一个基本要求就是不动心。他试图调动自己心灵的最大力量来使它不为任何外物和事件所动。他使自己坚如磐石，但这"坚"并不像磐石一样是来自本身的自然属性，而主要是意志磨炼的结果。他是温和的、宽容的、与人为善的，但也是坚定的、绝不改变自己的道德原则的。

第四个精神特质，则是一种此世的超越精神。即立足于此世，不幻想和渴望彼岸，但又超越世俗的权名，淡泊人间的功利。其中"超越权名"尤其是对已掌握或欲追求权名者而言，"淡泊功利"则可对所有人而言。奥勒留在自己的思考中不仅反复指出权力和名声在根本性质上的虚幻，也指出财富和功利同样是不值得人们那样热烈地去追求的。

这里有一个有趣的问题：为什么相当多的政治家，包括伟大的政治家，比如弗雷德里克大帝，或者许多处在权力巅峰的人们，会对奥勒留的《沉思录》心有所感，乃至深深契服？为什么那么多忙着处理紧迫的重大政治和经济事务的人们，那么多正处在权力或影响力巅峰的人们，会腾出身来如此耐心且常常是倾心地聆听这样一位教导权力和名声并无价值的斯多葛派哲人的声音？一个外在的原因或可说是奥勒留也同样处在这样一种权力的顶峰，他有自己亲身的体验，他们想听听这位皇帝说了些什么。但更重要的原因，无疑是一种既能够恰当地运用和把握权力，又不以不顾一切地攫取和牢占权力为意的超越精神。这种超越精神能够使人恰如其分地看待自己以及自己所掌握的权力，使他知道，无论这种权力以及由它带来的名声有多大，本质上都仍然是过眼烟云。有了这种超越精神和对权名恰如其分的认识，他就不容易自我膨胀，不容易滥用权力。而一个附带的有益结果可能是，不管他在政坛成就如何，甚至可能事业失败或者个人失意——这种失败和失意其实比成功更为常见——他都可以由这种超越精神得到一种安慰和解脱，使自己的心灵得到一种宁静。

至于淡泊功利，则可以说对所有时代的所有人都有意义，而对现代人可能尤其有意义。和古代世界不同，现代世界是一个最为崇尚经济成就的世界，也是一个更为追求物质利益的世界。我们甚至不难在有些时期和有些地方看到物欲横流、功利滔滔的状况。而奥勒留的书可以使我们转过来也关心一下自己的精神，可以使我们知道，对人的评价并不应当主要看财富的多寡或者物质的高低，而应当主要看他的德性、品格和精神。物质财富上的成功，不是所有人都能达到的，甚至不是多数人能达到的，而心灵、德性上的成就，则是任何身份、任何处境的人们都能通过自己的努力达到的。

总之，一种理智上诚实但又随时准备聆听来自上方的感召的精神，一种在各种极端中保持平衡和恪守中道的精神，一种温和待人与坚定地因应万事万物的精神，一种超越和淡泊于权名功利的精神,以及一种履行自己职责、磨炼自身德性的精神,一种按照本性自然而然地生活的精神,在现代世界也绝没有失去意义,甚至仍然是现代人最需要珍视的精神价值。

哀伤与奋起

城市是文明的一个要素，同时又是文明诸要素的一个集合。生产工具的发明与制作、财富的积聚，细密的劳动分工、大量的贸易，以及剩余产品、劳心阶层、政治与文化活动等，大都集中在城市，尤其是首都。即便是以农业为基础的古代文明，也是以都邑为主导的。商墟的发掘向我们展示了一个灿烂的古代文明，我们还期望着夏墟。

柏林的历史并不算古老，却足够沧桑，几经天翻地覆的变化。它在17世纪初的30年战争期间就累遭摧残，居民减半。到20世纪的"二战"后期，更是被狂轰滥炸，变成一片废墟，疮痍满目，数万柏林妇女被强暴。伦敦有伦敦大火，巴黎有巴黎投降，罗马曾被宣布为"不设防的城市"，但它们的古建筑大都得以保留，而柏林却几次面目全非。世界上还有哪一个大城市被如此摧残，乃至被强行肢解数十年？

柏林，柏林！它给世界带来过灾难，而它又首当其冲地遭受灾难。

《柏林：一座城市的肖像》的作者罗里·麦克林正是在它被肢解的时候第一次来到柏林，那时他才是一个19岁的加拿大青年，他为柏林感到忧伤，但也可能正是因此爱上了它。后来他来到柏林许多次，直到在这座城市定居下来写这本书。

和一般人写一座城市不一样，作者没有系统和详细地介绍这座城市的历史，而是饱蘸感情地围绕着人物书写。他写了与这座城市息息相关的一些大人物，如腓特烈大帝、帝国建筑师申克尔、发明了肥料也发明了毒气的科学家哈伯、著名演员黛德丽、著名女导演里芬斯塔尔、第三帝国的宣传部部长和多年的柏林行政长官戈培尔等；也写了在这座城市挣扎和浮沉的一些小人物，如普通演员、女工、士兵、移民、妓女等。在一些细节上，作者有意采取了一些文学的虚构。他始终揪心和关注的不仅是这座城市，更是这座城市中活生生的人。"一座城市的肖像"，也就是这座城市中"人的肖像"。

不知为什么，如果一定要找出书中写到的一个人作为柏林的一个象征，我首先想到的却是凯绥·珂勒惠支。她是一个画家。她的儿子死于"一战"，孙子死于"二战"，她自己也终于没有熬过"二战"。她的著名画作《母与子》就是她的哀伤。那是一个母亲对孩子的哀伤，也是人类母亲对一座城市的哀伤。

珂勒惠支的第一张石版画《贫穷》，描绘了一位绝望的母亲紧拥着瘦骨嶙峋、奄奄一息的小孩。另一幅画《战场》，描绘了一位母亲在一堆堆尸体中搜寻自己死去的儿子。1914年"一战"爆发时，她47岁，坐在床上以泪洗面。八周后，儿子皮特在战场上阵亡。当德皇号召未成年男子参军打仗时，她在一篇社论中挑战皇帝呼吁道："死的人已经太多！别再让人倒下！""二战"爆发前，她继续发出这样的呼声。与之前的皇帝一样，希特勒也讨厌她的作品。结果希特勒在1937年举行的"颓废艺术展览会"上直接谴责了珂勒惠支。她的作品被从公共博物馆和艺术学院里撤出来，原本计划庆祝她70岁生日的一个展览会也被取消。她的反抗是孤独的。她这样写道："我的作品被人移出艺术学院时，人们出奇地平静。几乎没有人想对我说点什么。我本以为会有人来看看我，或者至少给我写写信，但是，什么也没有。我的周围，一片寂静。"她的大部分作品在轰炸中被焚毁，但是幸存下来了100来幅自画像。在一些自画像中，她双手托脸，目视远方，似乎在想：这个世界将会怎样？

德国又统一之后，纪念在战争和暴政下失去生命的受害者的国家纪念馆在它的正中央放下了珂勒惠支雕刻的《哀悼基督》，它刻画的是一位悲伤的母亲和她的儿子。

19世纪，巴尔扎克称柏林为"无聊之都"，诗人海涅则如是写道："柏林，柏林，悲惨之都。这里除了悲怆与罹难别无其他！"20世纪，革命者罗莎·卢森堡曾在一封信中说："总的来说，我对柏林印象极差——冷漠，无趣，呆板……我已经对柏林和德国人恨之入骨，恨不得可以灭了他们。"而奇怪的是，与之思想对立的戈培尔1926年也曾借着昏暗的灯光在日记中写道："这个充斥着罪恶的粪坑"，这块"海盗、鸡奸者、流氓，诸如此类人"聚集的可憎之地，柏林"必须从德国的土地上消失。我不想跪在这污秽之地"。

其实柏林有过自己的辉煌，有过一次次的奋起。17世纪的30年战争中，柏林曾经剩下不到1000户人家。但在拿破仑战败之后，在建筑师申克尔的设计和策划下，柏林修建了富丽堂皇的大街、博物馆、国家剧院、公园，等等。柏林与欧洲的几个大都市比起来毫不逊色，它的人民更是活力四射。1870年普鲁士打败了法国，实现了德国的统一。在俾斯麦这一"铁血宰相"的治下，德国还率先实行了社会福利制度，走向民富国强，成为欧洲崛起最快的国家。

最惨重的打击在20世纪来临，德国在两次世界大战中的战败终于消解了这个民族的勇武之气。这个民族的价值观以及世界的环境也发生了大的变化，不再需要通过战争得到繁荣和昌盛。即便经历了长期的冷战，尤其柏林是冷战中始终没有愈合的伤口，但是，在20世纪接近结束的时候，德国终于还是重新统一，而合为一体的柏林也成了它的首都，又兴建和修缮了许多新的壮观建筑。

自由与复合是宝贵的，但是，得到它们并不就是进入天堂。这与其说是终点，不如说是起点。自由意味着开始了更需要自己选择、自己承担的人生,意味着走上了一条许多人可能觉得艰难甚至视为畏途的道路。而自由也可能使人们只是放任自己的欲望,变成一条条漂浮的船,再也没有沉甸甸的压舱物和信仰的罗盘。书中一个自由放任的女孩感到迷茫:"我母亲,还有我父亲,总是有自己的信仰。而我们有什么可信仰的呢?生态学?我们自己?或者是一部新苹果手机?"难道我们没有迷失什么更重要的东西吗?难道我们就只信仰我们的欲望、感觉和冲动?

而且,在德国,尤其是柏林,总有一种创伤记忆。如何对待这样一种历史的创伤?那里有别人对自己的残暴,也有自己对他人的残暴。作者也遇到了我们在德国常常遇到的情形:街道上红灯亮了,没有任何人穿行——即便没有任何车辆通过,大家也都安安静静地等着。他有一次忍不住走了过去,但对面的柏林人却罕见地不给他让路。他不知道德国人何以如此坚守乃至迷恋规则,他甚至认为他们是缺乏同情心。但是,随着他对柏林的了解逐渐加深,他说:"我开始明白,柏林并非缺失同情心,而是心灵上遭受了重创。它的集体记忆承载着历史苦难,情感上伤痕累累,以至于柏林人和所有德国人一样,构建出规则来进行防范。"

作者写道:"现代德国正以一种勇敢、谦卑、感人的方式对自身进行民族心理剖析。这一痛苦的进程在德国显而易见,我们可以从柏林的大屠杀纪念碑、犹太人博物馆、斯塔西先前的霍恩施豪森监狱以及威廉皇帝纪念教堂的焦黑墙壁——教堂于1943年被盟军的炸弹摧毁——体会到这一进程。"但最明显的例子,或许是遍布全德国的大约4万个镶嵌在大石块中的纪念铜碑,上面镌刻着纳粹时期此地受害者的名字。几乎每一块铜碑都是由如今住在遇难者旧居里的居民们自己出资镌刻制作的。

我前几年去过一次柏林,就住在威廉皇帝纪念教堂(俗称"断头大教堂")的旁边,每天都会路过两年后发生了恐怖袭击的圣诞市场。我走过优雅的菩提树下大街,走进令人吃惊的博物馆岛;我进入修缮一新的国会大厦,登上它的穹形圆顶俯瞰城市;我也在暮色中走过希特勒地堡,去过柏林墙和集中营。柏林太值得一看,但也容易让人陷入一种忧伤的沉思——如果你了解一些它的历史。

心忧天下

古代人生活在一些相对隔绝的世界里，他们自成一体，自为"天下"。

古代中国人也是如此，"天下"密不可分地与"中国"（中央之国）联系在一起。"天下"以中国人自身的生活世界为中心延伸开去，其各个部分的亲疏和熟悉程度大致与它们和中心的距离成比例，其最外缘处在一种若即若离乃至若明若暗的状态里。

而事实上，那时的世界有好些个这样的"天下"。

然而，近代以来，这种状况急剧地改变了。随着哥伦布、麦哲伦等开启的地理大发现，"天下"的概念大大地扩展了，同时也变得明确、单纯了："天下"只有一个，不论肤色、种族、宗教信仰和各自的文明传承，我们现在都是生活在同一个"天下"。

当然，像中国这样的民族同时也发现了自己地位的尴尬：中国并不处在"天下"的中心，而是处在相当边缘的位置，并且无可逃避地要待在这"世界之中"。

这还意味着，"天下"常常不只是一个空间、地域的概念，它还意味着一种秩序：一种社会的秩序，或者比较一般的政治秩序。就像顾亭林所说，保一家一族、一姓一朝之国，"其君其臣，肉食者谋之"，而"保天下者，匹夫之贱，与有责焉耳矣"。这就是"天下兴亡，匹夫有责"的来历。而在当时士人的心里，这"天下"就是孔孟衣冠、周公礼制的社会秩序。

那么，今天的"天下"究竟是由一种什么样的秩序为动力和主导呢？

在古代世界的历史中，也曾有过一些大帝国，但没有一个能达到今天这样单一的"天下"。而这一用刀剑没有完成的事情，现在却由一种似乎最不起眼的东西——商品——和平地、静悄悄地完成了。

从孟德斯鸠、亚当·斯密、康德、马克思到哈贝马斯等都论述过商品、贸易、市场这种"自然秩序"的巨大扩展力量。当然，这一过程在世界史上相当多面，也相当复杂。

无论如何，我们现在是处在这样一种市场经济居主导的"天下"之中，或者说是处在一个商品社会之中了。我们只需看看中国最近的20多年就能发现，强劲的商品之梭是多么迅速和紧密地把中国与世界织为一体；或者我们再往前看看中国近100

多年的经常是血与火的曲折就会发现，这样一种力量又是多么难以抗拒。

而伴随着这种经济上的世界一体化或者说全球化的过程，同时又存在着另一种强劲的趋势，即"道术将为天下裂"的趋势。不仅原有的精神信仰、价值观念的差异显得更为突出，自由经济所带来的自由意识以及市场社会的主导思想——自由主义，都更倾向于刺激、鼓励或至少容忍价值追求的多元分化。

于是，一方面，世界上的人们是如此紧密地联系在一起；另一方面，人们的价值观念和追求却日益松动、分解，变得歧异乃至对抗。

而美国世贸中心的两座大厦在"9·11"事件中的倒塌还告诉我们，人类已经取得的、看来壮观的文明成就其实相当脆弱。

今天的中国人在这样一种秩序中何以处人和自处？我们也许不论身处何地，都还会情系中国，但当今即便只是要把中国的事情办好，都已经不可能仅只考虑和关注中国自身了，何况中国迅速地进入世界还意味着我们要学会承担康德所说的"世界公民"的责任。

所以，我们不能不"心忧天下"，而这"天下"所须忧虑的事情也正多多：环境状况恶化，贫富差距悬殊，新技术在给人类带来福利的同时也带来了严重的威胁，不同种族、民族和宗教信仰之间时常爆发流血冲突，恐怖主义阴影挥之不去，等等。

我们不能不努力寻求一种能够使所有民族、所有人共同生存和发展的共识，即便这种共识的范围将不得不缩小到那些最基本的行为规范和国际准则。我们还不能不努力培养起一种对世界公共事务的责任感和建设性的态度，考虑各种切实可行的方案，承担各种可能的义务。

过去的理想主义者曾经是"身无分文，心忧天下"，现在中国至少有一部分人已经富裕起来了，腰缠万贯者似更有理由"心忧天下"，有必要摒除一种短视的眼光，摒除一种"逃票乘客"的心态，摒除一种即便发生灾难自己也或可幸免的侥幸心理，不仅为自己，也为世界做点什么。

在《诗经》的时代，在中国现在的版图范围内，小国林立，犬牙交错，但我们却可以在许多不朽的诗篇中看到一种超越国界、超越部族的悲天悯人之心。虽然还有远近亲疏之别，但是，"天下一家"，"和而不同"，的确曾经是中国人的梦想，是中国人的温情。

那遥远的地方发生的事情，并不是与我们完全无关。现在别人那里发生的灾难，日后也有可能在我们这里发生，如果现在我们坐视不管，日后别人也完全有理由不予援手。

世界的确不能再像过去在一种文明的内部那样价值观念和精神信仰趋于一体化了，尤其是不可能也不应当强制地实行一体化。我们确实要考虑人性，考虑人的差异，考虑实现我们的理想的手段，但不要丢掉一种悯心和善愿。我们也不应当忘记在人类的大家庭里我们已经得到的和我们应当付出的。

过去有一种比较，比方说别人用了多少年发展到人造卫星上天，或者说从这一技术阶段到那一技术阶段别人用了多少年，而我们用了多少年，意思是我们的发展速度更快，成就更大。但是，这样一种比较可能忘了时间的先后，忘了首创者和追随者的差别。即便是核心的技术机密被封锁，而技术大致的走向和步骤，甚至仅仅在某一方向和途径的成功本身，也能给后来者带来最重要的启发和信心。

所以，我们拥有一种后发的优势，可以避免走许多弯路，在许多技术和制度方面可以迎头赶上。但如果不善加反省，这也可能成为一种后发的劣势。我们如果亦步亦趋，将可能因此丧失一种首创的精神。我们也有必要意识到，我们今天的经济发展，尤其在技术和制度等方面，客观上多得先行者之赐，而我们也应当发挥一种首创精神，争取对人类做出自己较大的贡献。

我们过去总是说，我们的民族"勤劳、勇敢……"，实践可能已经证明我们的民族足够勤劳、节俭，还有顽强、坚忍，也绝不缺乏聪明才智，但我们是不是非常勇敢和富于首创性，是不是拥有一种大智慧，却有待新的实践证明。中国也许能在世界民族之林努力试探走出一条自己的新路，既得市场经济之利，又防市场经济之弊，把人们对物质的欲望和竞争处理得恰如其分。如此，则中国幸甚，世界幸甚。而这可能不仅需要我们有一种世界的眼光，还需要有一种对天下的忧思和愿心。

后 记

本书的文字大都和书有关,来自一个读书人过去的岁月。

有读书人的寂寞和乏味,也有读书人的偶得和暗喜。

有些文字是渗进了比较古典的心灵,有突然发现的相契,也有不能自已的忧伤。

也有些文字是对今天时代的反应,有初觉好奇的欣然,也有格格不入的惆怅。

自觉还是书生本色、学者为主,但也有一些文人习气。

这本分是我总需要记住的。

文字多来自过去的文集,也有一些是新近的写作,但以个人化的文字为主,多收短篇小札。

最近一些日子,对自己文字的出版颇有些心灰意冷,感李昕兄盛意,还是结了一个集子。

毕竟,不仅那逃离的岁月已经不完全属于我了,今天也很快就要过去。

知我罪我,我亦非我。

何怀宏

2018 年 6 月 24 日于褐石